御伽
草紙
おとぎぞうし
EX-LIBRIS
©DEE TEN PUBLISHING

御伽草紙

改編童話經典之作

おとぎぞうし

太宰治／著
林佳翰／譯

笛藤出版

「草紙」相當於「物語」，「御伽話」則是哄孩子睡覺的故事，故「御伽草紙」就是指休閒故事、消遣讀物。

御伽草紙為太宰治改編四篇日本民間童話而成的作品，筆下情節幽默、極富太宰治個人色彩。本書特別收錄楠山正雄所寫大衆耳熟能詳的民間童話版本，讓讀者也能比較、體會不同故事走向的樂趣。

目録

【御伽草紙】

太宰治／著

目録

【民間童話版本】

楠山正雄／著

【附録】

御伽草紙

太宰 治

「啊，響了。」

父親說著把筆擱在桌上站了起來，如果只是警報，是不會站起來的，不過一聽到高射砲的聲音，他就放下工作，在五歲女兒的頭上戴上防空頭巾，抱著她進入防空洞，母親已經揹著兩歲男孩躲到防空洞角落了。

「好像打得很近呢。」

「是啊，不過這個防空洞真的好窄。」

「是嗎，」父親好像有點不滿，「可是，這樣大小比較剛好啊，如果太深的話，有可能被活埋。」

「可是，再寬一點也沒關係吧。」

「嗯，是啦，是這樣啦，不過現在泥土凍結變得很硬，要挖很難，改天……」他含糊說著，讓母親閉嘴，側耳聽著廣播的防空資訊。

母親的抱怨告一段落後，這回換成五歲小女孩開始吵著想出防空洞，能安撫她唯一的方法就是唸繪本給她聽，桃太郎、喀嚓喀嚓山、剪舌麻雀、肉瘤公公、浦島先生等，父親都會唸給小孩聽。

這位父親穿著既寒酸，相貌也很平庸，可是他絕非等閒之輩，他是個熟知故事創作這種特殊技巧的人。

很久　很久以前啊

他用特殊的誇張聲調唸起繪本，不過在他心裡，有另一個故事自然而然地醞釀出來。

肉瘤公公

很久　很久以前啊
有位老公公　他右邊的　臉頰上
有個肉瘤　很礙眼

這位老公公住在四國的阿波劍山山腳下。

（只是單純我自己這麼想而已，並不是依據什麼其他典故，原本肉瘤公公這個故事，似乎是取自《宇治拾遺物語》[1]，不過在防空洞裡，想仔細探討其出處是不可能的。而且不只這篇肉瘤公公，接下來要編撰的那篇浦島先生的故事也是，最先在《日本書紀》[2]裡確實有記載其事實，另外《萬葉集》[3]裡也有詠嘆浦島的詩篇，其他還有在《丹後風土記》[4]及《本朝神仙傳》[5]等裡，也都有類似此說的故事流傳著。此外，最近在森鷗外[6]的戲曲裡也有此故事，坪內逍遙[7]等人也好像有把這個故事編成舞曲，總之，甚至連在能樂、歌舞伎、藝妓的舞蹈裡，浦島先生都大肆登場。我的習慣是只要書看完了就送人，或是賣掉，從以前開始就沒有收藏書籍的習慣，因此，遇到不確定其內容時，只能依照依稀的記憶，到處走訪搜尋以前看過的書，但是現在連這件事也辦不到，因為我現在正蹲在防空洞裡，而且，膝蓋上只攤著一本繪本，因此我現在放棄考據故事真偽，只憑自己個人的想像天馬行空編故事，不，說不定這樣反而能夠編出活潑生動的有趣故事，我就這樣嘴硬地自問自答，嗯，言歸正傳，那位奇妙的父親就在防空洞的角落，

很久　很久以前啊

他邊唸著繪本上寫的故事，邊在心中刻劃出和那內容完全不同的新故事。）

這位老公公非常喜歡喝酒，所謂好酒貪杯的人，在一個家庭裡，大抵都是孤獨的存在，不知道是因為孤獨才喝酒，還是因為喝酒才被家人討厭，自然變成孤獨的形象，或許這個問題就像是在兩個手掌拍掌時，爭論哪個手掌會響般，終究是個無聊的

鑽牛角尖的問題。總而言之，這位老公公在家裡總是一臉鬱鬱寡歡，但這位老公公的家庭說起來也並不是什麼問題家庭，老婆婆也還健在，而且這位老婆婆雖然已經七十歲了，不過腰桿也還很硬挺，眼周也沒什麼皺紋，聽說以前是個相當漂亮的人，她從年輕時話就很少，只是一個勁兒地做家事。

「已經春天了呢，櫻花開了。」即使聽到老公公這麼興奮說著，她也只是語氣平淡地回句：「這樣啊。」然後說：「喂，讓開，我要打掃這裡。」

老公公又露出不開心的臉色。

此外，這位老公公有一個兒子，已經快四十歲了，而且是世間少見的品行端正、不抽菸不喝酒，可是他總是不笑不生氣、不露喜悅神色，只是默默做著農事，附近鄰里的人都對他很敬畏，阿波聖人就變成很崇高的存在，他不娶妻也不剃鬍子，幾乎被懷疑他是木石，整體而言就是不得不說老公公的家庭實際上是個很優秀的家庭。

可是，老公公總是一副悶悶不樂的樣子，他就這樣顧慮著家人，怎麼也不得不借酒澆愁，可是在家喝的話，不論何時都高興不起來，雖然老婆婆還有兒子阿波聖人也不會特別斥責老公公喝酒，當晚上老公公小口小口喝酒時，他們只是在他身旁默默吃著飯。

「有時啊，該怎麼說呢，」老公只要一微醺，就想要有人陪他聊天，遂說出一些枝微末節的小事，「春天終於來了，燕子也出現了。」

都是些不值得特別說的事。

老婆婆和兒子都沉默不語。

「春宵一刻，值千金啊。」他又嘟囔起不必要說的事。

「我吃飽了。」阿波聖人吃完飯，對著餐盤恭恭敬敬地鞠了個躬。

「我也差不多該來吃飯了。」老公落寞地把酒杯倒扣。

在家喝酒大概都是這般光景。

某一天　從早　就是好天氣

去　山裡　砍柴

這是老公的樂趣，就是在天氣好時，腰間掛著一壺酒爬上劍山，撿拾收集乾柴。真的撿累了，就大剌剌地盤腿坐在岩石上，「咳！」很豪放地大聲咳了一聲，「景色真是美麗啊。」

他說著，靜靜地喝著腰間那壺酒，露出非常滿足的神色，和在家裡時判若兩人，沒變的只有右臉頰上那塊大肉瘤，這塊肉瘤是大約二十年前，老公公過五十大壽那年的秋天長出來的，那時右臉頰不知怎地熱了起來，癢癢的，不久後臉頰開始慢慢腫起來，摸著摸著它就越來越大，老公公苦笑著說：「哎呀，生了個好孫子。」

兒子聖人一臉正經地說出掃興的話：「臉頰不可能生出小孩。」

而老婆婆也只是面無表情地問了句：「應該不會有生命危險吧？」之後就沒再對那個肉瘤表示任何關心之意。反倒是附近的人都對他表示同情，紛紛表達慰問，為什麼會長出那塊肉瘤呢？會不會痛？應該很麻煩吧？可是老公公都笑著搖頭，別說是麻煩了，老公公現在真的把這塊肉瘤當作是自己可愛的孫子，把它當作是安慰自己孤獨心情的唯一對象，早上起床洗臉時，也特別仔細一直用清水沖洗那塊肉瘤。像今天，老公公一個人在山裡喝酒喝得盡興時，這塊肉瘤就格外成為老公公不可或缺的適時說話對象，老公公大剌剌地盤腿坐在岩石上，喝著葫蘆裡的酒，邊撫摸著臉頰的肉瘤：

「什麼嘛，沒什麼好怕的事，不用顧慮別人，人就是要喝醉，認真也有程度之分，我實在很佩服阿波聖人，甘拜下風，他真的很了不起。」他對肉瘤說著某人的壞話，然後又「咳！」誇張地大聲咳了幾聲。

突然　天色暗了下來

風　呼呼地吹了起來

雨也　嘩啦嘩啦下了起來

春天的傍晚時分很少出現這般氣候，不過像劍山這麼高海拔的山上，也只能認為時常會出現這種氣候異常，山裡因為下雨飄起了白煙，雉雞、銅長尾雉從四面八方拍翅飛起，箭速般地往樹林裡飛去避雨，老公公不慌不忙笑著說：

「這個肉瘤被雨打著，冰冰涼涼的，感覺不錯呢。」

他繼續盤腿坐在岩石上，靜觀雨景，雨越下越大，看來是不會停了。

於是，「哎呀，似乎涼過頭轉冷了。」老公公說著站了起來，大聲打了個噴嚏，然後揹起撿拾的乾柴，窸窸窣窣進入樹林間，樹林裡擠滿了躲雨的鳥獸。

「哎呀，不好意思，借過一下，不好意思呢。」

老公公興高采烈地逐一向猴子、兔子、斑鳩打招呼，邊往樹林深處前進，看到大山櫻樹根部有個很大的樹洞，遂鑽進那個樹洞裡，「啊，這真是個好房間啊，怎麼樣，大家要不要一起來？」他邀請兔子，「高傲的老婆婆和聖人都不在這個房間裡，請不用客氣，進來吧。」他高聲嚷嚷，不久就發出「呼嚕呼嚕」的輕微打呼聲，睡著了。雖說他在喝醉時會吐些無聊的怨言，不過內容大致就像這樣，無傷大雅。

等待　午後雷陣雨　停止時
老公公　似乎　累了
不知不覺間　完全地　進入夢鄉
山林間　放晴了　雲也散去
變成　明亮的　月夜

今天的月亮是春天的下弦月，漂浮在不知是淺綠色還是水藍色的天邊，樹林裡，月光就像松葉般灑落一地，可是老公公還睡得很香甜。蝙蝠從樹洞啪搭啪搭飛了出來，老公公突然睜開眼睛，發現已經晚上了，嚇一大跳。

「哎呀，不好了。」他說，眼前瞬間浮現的是老婆婆那張嚴肅的臉和聖人肅穆的臉，啊啊，這真是件糟糕的事啊，他們倆至今是沒罵過我，可是這麼晚回去，總覺得很尷尬，欸，他搖了搖葫蘆看看還有沒有酒，底部傳出微弱的水搖晃的聲音，「還有一些，」他說著，突然一股勁兒把酒喝得一滴不剩，微醺之下，「呀，月亮出來了，春宵一刻……」他又碎唸著不重要的事，邊爬出樹洞，

啊呀　那是什麼　怎麼這麼吵鬧

仔細一瞧　好不可思議　是在做夢嗎

他發現事態不妙。

看！樹林深處的草原上，出現不似這個世上會出現的不可思議的光景，鬼怪，是什麼物體？我不知道，因為我沒看過，從小在圖畫上看到不想看，可是還沒有真的拜見過本尊。鬼怪也好像有各種不同類型的，如果以××××鬼、××××鬼等令人憎恨的物體這個角度來看的話，只覺得這些是擁有醜惡個性的生物吧，不過另一方面，報紙的新書介紹欄裡也會出現「文壇鬼才某某作家的傑作」這種標題，讓人摸不

著頭緒。該不會是有人想揭露那位某某作家擁有像鬼一樣的醜惡才能這個事實，想藉此警告世人，才在那個介紹欄裡使用「鬼才」這種讓人起疑的奇妙詞彙，甚至以「文學之鬼」這種冒失的卑鄙語彙來吹捧某某作家，如此一來，無論如何那位作家應該會生氣吧，還是其實好似不是這樣，那位作家被取了如此極度失禮的醜惡外號，好像也完全不生氣，聽說他自己私底下容許這個奇怪的稱號，駑鈍的我越來越感到一頭霧水了。如果說那些穿著虎皮兜襠布且拿著粗糙的鐵棒般物體的紅面鬼怪，是諸多藝術之神，我是很難相信的。「鬼才」、「文學之鬼」這些難懂的詞彙，不要太常使用比較好不是嗎？我從以前就這麼認為，不過這或許只是我的見聞太狹隘之故，或許鬼怪裡也有各式各樣的種類，關於此點，只要稍微查一下日本百科辭典，我也能瞬間幻化成受到老幼婦孺尊敬的博學之士（世間的博學之士大抵都是這樣的），擺出好像什麼都懂的樣子，關於鬼怪，應該也可詳細陳述出長篇大論，可是很不幸地，我正蹲在防空洞裡，像這樣膝蓋上攤著一本兒童繪本，我只能依據這本繪本上的圖畫去評斷而已。

看！樹林深處的寬闊草原上，有十幾個人，不，應該說有十幾匹異形物體，總之就是些穿著貨真價實的虎皮兜襠布的巨大紅色生物，圍成一個圓坐著，正在月光下舉辦宴會。

老公一剛開始很害怕，不過所謂的酒鬼就是沒喝酒的時候很懦弱，完全不中用，可是喝醉了時，反倒會顯露出超乎眾人的膽量。老公公現在正處於微醺狀態，變成一個勇者，完全不怕那個嚴肅的老婆婆或品行端正的聖人，他面對眼前異樣的景象，完全沒露出半點腿軟的醜態，四腳著地從樹洞爬出來，就這樣凝望著前方的怪異酒席，唸著「牠們好像醉得很舒服」，然後不知為何，心裡深處湧現出一股奇妙的愉悅感。所謂的酒鬼或許就是即使看到其他人喝醉了，也會有種喜悅感，也就是所謂的非利己主義者吧，或許亦可說是博愛，就是只要隔壁鄰居有喜事，也會為他們乾杯。當然自己想喝醉，不過如果隔壁鄰居也能一起開心喝醉，那喜悅程度是加倍的。其實老公公直覺地知道，眼前這些不是人也不是動物的巨大紅色生物是一種叫做鬼怪的可怕種族，即使只看到牠們穿著虎皮兜襠布這件事，也知道那是無庸置疑的事實。可是那些鬼怪們現在非常享受喝醉的感覺，老公公也正醉著，這讓人感到很親近。老公公維持四腳著地的姿勢，依然凝望著月光下這場奇異的酒宴，雖說是鬼怪，不過眼前的鬼怪們並不像×××鬼、××××鬼般有著邪惡特性的種族，雖然臉整個紅通通的，看起來很可怕，不過老公公看得出牠們應該是爽朗天真的鬼怪，而老公公的這個判斷大致算猜對了。也就是說，這些鬼怪們是一群可稱作劍山隱者的個性頗為溫和的鬼怪，和地獄裡那些鬼怪是完全不同族類的。第一牠們沒有拿著鐵棒等嚇唬人的東西，這就可證明牠們沒有害人之心，可是雖說是隱者，牠們也不像那些竹林七賢是抱著滿腹經綸逃進竹林裡，這些劍山隱者的內心是非常愚鈍的。以前曾聽說過一個很簡明的理論，即「仙」這個字是「山」加上「人」寫出來的，所以只要是住在深山裡不管是誰都可稱他們作仙人，如果根據這個理論，無論這些劍山的隱者們內心多麼愚笨，或許也該給牠們一個仙人的尊稱。總而言之，現在在月光下飲酒作樂的這群巨大紅色生物，與其稱牠們為鬼怪，或許稱牠們為隱者或仙人會比較恰當。雖然牠們心裡很愚鈍這件事剛才已經講過了，再觀察牠們開宴會的景象，就會發現牠們只是發出一些無意義的奇怪聲音、拍著膝蓋大笑，或是站起來隨便跳來跳去、或是把巨大的身體蜷成一團，從圓形隊伍的一端滾到另一端而已，看起來牠們好像把這當作是舞蹈，這就可充分看出牠們的智力程度，實在非常平庸，單以這件事來看，可證明「鬼才」或是「文學之鬼」這些詞彙彷彿是無意義的，如果說這麼愚蠢的一無所長的傢伙們是種種藝術之神，我再怎麼樣也想不透。老公公也對於這般低能的舞蹈吃驚不已，一個人小聲竊笑了起來：

「這什麼嘛，跳得好爛，我來露一手我的手舞給你們看吧。」他小聲說著。

很喜歡　跳舞的　老公公

馬上　飛奔出來　跳舞

因為　肉瘤　搖搖晃晃

非常　滑稽　好笑

老公帶著微醺的勇氣，再加上對那些鬼怪們抱持著親近感，於是什麼都不懼怕，飛奔進圓圈的正中央，跳起他自豪的阿波舞[8]，

要梳島田頭[9]老人家只好戴假髮

迷戀紅色襻帶[10]也不是不可能

媳婦也戴著斗笠來吧來吧

他用好歌聲唱著阿波地區的民謠，鬼怪們也很高興，發出嘰嘰喳喳奇妙的聲音，笑到眼淚、口水直流，在地上打滾，老公公趁勢，

穿越大谷都是石頭
穿越笹山都是細竹

他又提高音量繼續唱，終於瀟灑地跳起舞來。

鬼怪們　也都　非常高興
有月亮的晚上　一定　要來
跳舞　跳吧　跳給我們看吧

當作　這個約定的　信物
把　重要的東西　交給我們

鬼怪們說完後，互相窸窸窣窣小聲交談了起來，牠們似乎覺得臉頰那塊肉瘤光滑發亮，看起來像是不尋常的寶物，牠們愚笨地推斷只要保留那塊肉瘤，老公公一定會再來拿取，遂馬上拔掉那塊肉瘤。雖然牠們很愚鈍，不過不愧是長久住在深山裡，說不定正因為如此，學到些仙術，毫不費力就把那塊肉瘤取得一乾二淨。

老公公很吃驚，「啊，這樣我很困擾，那是我的孫子呢。」他說完，鬼怪們非常得意地高聲歡呼。

早上了　路上閃著　露水
肉瘤　被拿走的　老公公

無奈地　摸著　臉頰

下　山　了

肉瘤對孤單的老公公而言是唯一的說話對象，所以那個肉瘤被拿走了，老公公感到有些寂寞，不過早晨的風吹撫過清爽的臉頰時，感覺也不壞，結果反正也沒什麼得利或損失，大概就是各有優缺的感覺，他睽違許久地盡情歌唱盡情跳舞應該算是賺到了吧？他就邊想著這些無關緊要的事邊下山，途中剛好遇到要去做農事的兒子聖人。

「早安。」聖人把頭巾拿下來，鄭重地打招呼。

「啊。」老公公有點倉皇失措，他們只打了招呼就分道揚鑣了。看到老公公的肉瘤一夕之間突然消失，即使是聖人，內心也是有些許驚訝，不過他認為對父母親的容貌說三道四地批評這種事有違聖人之道，於是他裝作沒發現默默地道別了。

一回到家，老婆婆只沉著地說：「你回來了。」對於昨天晚上發生了什麼事完全沒東問西問，只低聲說了句：「味噌湯已經冷了。」就幫老公公準備早餐。

「嗯，冷掉了也沒關係，不用加熱了。」老公公非常客氣拘謹地坐在擺著早餐的餐桌前。老公公邊在老婆婆的服侍下吃飯，並且非常想把昨天晚上發生的不可思議的事情告訴老婆婆，但是，被老婆婆凜然的態度壓制住了，話卡在喉嚨怎麼樣都說不出來，他只是低著頭默默地吃著飯。

「肉瘤消掉了呢。」老婆婆突然說。

「嗯。」他已經什麼都不想說了。

「它破掉出水了嗎？」老婆婆一臉若無其事般地說。

「嗯。」

「會不會又積水再腫起來？」

「會吧。」

結果，老公公一家子對於肉瘤的事完全沒做進一步的討論。倒是老公公家附近也有另一位左臉頰掛著一塊礙眼肉瘤的老公公，這位老公公是真的很憎恨這塊肉瘤，認為這塊肉瘤很討厭，「都是因為這塊肉瘤害我不能升官，因為這塊肉瘤，我不斷受到別人的侮辱和嘲笑」，他每天都看好幾次鏡子嘆氣，他試圖把絡腮鬍留長以蓋住那塊肉瘤，可是悲哀的是肉瘤總是在一片白鬍鬚當中露出頂端，宛若四海波裡放射出第一道曙光般，這樣反而變成天下奇觀。本來這位老公公的人品品格並不粗俗，體格健壯，鼻子也很大，眼光也很銳利，言語動作都很穩重，看起來思慮十分分明，說到服裝，總是穿得很體面，而且也很有學問，此外，經濟方面也是和那個愛喝酒的老公公比起來好太多了，附近的人都很尊敬這位老公公，總尊稱他為「老爺」或「老師」等，他就是這麼位非常優秀的人物，但因為左臉頰上那塊礙眼的肉瘤，老爺日夜鬱鬱寡歡。這位老公公的夫人非常年輕，才三十六歲，雖說不算是美人胚子，不過也是膚色白皙，稍微圓潤，總是笑得花枝亂顫不停喧鬧。他們有個十二、三歲的女兒，是個非常漂亮的美少女，可是個性有點驕縱，不過她們母女倆感情很好，總是一起嘻笑打鬧，因此這個家庭裡，雖然老爺總是愁眉苦臉，也還是給人歡樂的印象。

「母親，父親的肉瘤為什麼那麼紅呢？好像章魚的頭喔。」驕縱的女兒不客氣地說出她直率的感想，母親也沒有斥責她，只笑著說：

「是啊，不過看起來也好像是臉頰上掛著一個木魚呢。」

「閉嘴！」老爺發怒，張大眼怒視著妻女，霍地站起來，退到角落的昏暗房間裡，靜靜地看著鏡子，非常失落地嘟囔：「這樣不行！」

正當他想乾脆拿小刀把肉瘤切掉，死掉就算了時，聽到了一個小道消息，即附近的那個愛喝酒的老公的肉瘤最近忽然不見了，他就在晚上偷偷地造訪愛喝酒的老公的草屋，然後聽老公說了月光下那場不可思議宴會的故事。

他聽了　非常開心

「好的好的　我也　要讓牠們

把我的　肉瘤　拿掉」

他振奮起來，很幸運地，那天晚上也有月亮高掛天邊，老爺就像是要出征的武士，目光炯炯，嘴巴緊閉成ㄟ字型，一副今天晚上要跳一段非常棒的舞蹈讓那些鬼怪們佩服的氣勢，萬一牠們沒有佩服，就用這把鐵扇把大家都殺掉，只不過是些愛喝酒的笨鬼們，不是多難對付，他就一副不知該說是要去跳舞給鬼怪們看，還是要去打退那些鬼怪，總之就是志氣高昂地右手拿著鐵扇，意氣風發地踏入劍山深處了。就像這樣，所謂太執著於「傑作意識」的人所做出來的技藝，通常都不會有好成果，這位老公公的舞蹈也是，真的是太積極想表現了，最後以慘敗告終。

老公公畢恭畢敬地走到鬼怪們酒宴圓圈中央，「獻醜了，」他起了個頭，把鐵扇輕輕打開，凜然地仰望著月亮，如大樹般渾然不動，一會兒後，輕輕踏出腳步，緩緩地吟唱出來：

「此乃於阿波鳴門度過一夏之僧侶，此海灣乃平家一族喪命之處，令人悲痛，遂每晚皆來此誦讀，磯山旁，長有松樹的岩石上，長有松樹的岩石上，是誰乘著夜晚小船於白色海浪上，傳來陣陣划槳聲，鳴門的海邊今夜如此安靜，今夜如此安靜，昨日已過，今日已黃昏，明日亦然。」

他謹慎地稍微移動一下，又凜然地仰頭凝視著月亮。

鬼怪們　看不下去

紛紛　站起來

往深山　逃走

「等一下！」老爺悲痛地大喊，追在鬼怪後面，「現在讓你們逃掉還得了。」

「快逃，趕快逃，他說不定是鍾馗[11]！」

「不，我不是鍾馗。」老爺拚命緊追在後，「有件事要麻煩你們，這個肉瘤，請你們再怎麼樣也要幫我拿下來。」

「什麼？肉瘤？」鬼怪們在驚慌失措當中聽錯了，「什麼嘛，原來是這樣啊，那是幫之前那位老公公保管的重要物品，不過，既然你那麼想要，給你也可以。反正不要再給我們看那個舞蹈了，好不容易酒酣耳熱之際卻被嚇醒，拜託你，放過我們，我們接下來還要去別的地方繼續喝酒，拜託你，求求你放手，喂，來人啊，把之前拿到的那個肉瘤還給這個奇怪的人，他好像很想要的樣子。」

鬼怪們　把之前　保管的肉瘤
貼在　他右邊的　臉頰上
哎呀哎呀　結果變成　兩個　肉瘤
垂墜搖晃　好重啊
老公公感到　非常丟臉
回到了　村子裡

實在是個可憐的結局，在童話故事裡，結局大多是惡人有惡報，可是這位老公公並沒有特別做什麼壞事，只是因為實在太緊張了，才跳出奇怪的舞蹈而已呀，再說這位老公公的家庭裡也沒有壞人。此外，那位愛喝酒的老公公，以及他的家人也都沒做壞事，連住在劍山的那些鬼怪們也是連一點壞事都沒做。也就是說，在這個故事裡，所謂的「不正義」的事件，一件也沒有，但卻仍然有不幸的人出現，因為如此，如果想從這個肉瘤公公的故事當中，找出什麼當作日常倫理的訓誡的話，是件非常複雜的事。「那你為什麼要寫這個故事呢？」如果有急性子的讀者問我這個問題的話，我也只能這麼回答：

只能說人生充滿了悲喜劇，這個問題總是於人類的生活裡流轉著。

1 日本古典故事集，約成書於十三世紀前葉。故事的舞台大多以中國、印度、日本為主，作者不詳。

2 日本留傳至今最早的正史，六國史之首，原名《日本紀》。舍人親王等人所撰，於西元681～720年（養老4年）完成。記述神代乃至持統天皇時代的歷史，採用漢文編年體寫成。

3 現存最早的日語詩歌總集，收錄由四世紀至八世紀4500多首長歌、短歌，共計20卷，於七世紀後半至八世紀後半編輯完成，按內容分為雜歌、相聞、輓歌等。

4 日本奈良時代初期編纂完成、關於丹後國（今近畿地方京都府北部）的風土記。原書已散佚。

5 平安後期，大江匡房所寫日本最初的神話集。

6 森鷗外（1862～1922），明治至大正年間的小說家、評論家、翻譯家、醫學家、軍醫、官僚。是日本第二次世界大戰以前與夏目漱石齊名的文豪。

7 坪內逍遙（1859～1935），日本劇作家、小說家、評論家、翻譯家。

8 起源於日本德島縣（令制國時代為阿波國）的一種盆舞。三味線、太鼓、鉦鼓、篠笛以二拍子節奏伴奏，搭配舞蹈者的聲音及手部動作的集體舞蹈，但其並沒有特別固定的模式，相當隨興。

9 由前髮、鬢、髱、褒（日本婦女髮型後部的突出部分）組成，是一種將耳後的髮卷移至頭頂的髮型。

10 束衣袖的帶子。

11 中國神話中的神祇，專能鎮宅驅魔。

【浦島先生】

浦島太郎這號人物好像確有其人，他住在丹後的水江這個地方。說到丹後，是現在的京都府北邊，聽說在那個北海岸的某個寒冷村莊裡，現在也還有祭祀太郎的神社，雖然我沒去過那裡，不過聽別人說那是個非常荒涼的海濱，那裡以前住著我們的浦島太郎。當然，他不是一個人住，他也有父母親，也有弟弟妹妹，此外，他家也有眾多僕人，也就是說，他是這個海濱名門世家的長男。說到名門世家，無論古今皆有某種一貫的特色，就是興趣廣泛，說好聽一點就是風流倜儻，說難聽一點就是不務正業，不過，雖說他不務正業，倒也和那些沉迷於女色或酒色等所謂放蕩沉淪的人大相逕庭。那種沒品地大口飲酒、沉溺於那些身世背景複雜的女人中，讓親兄弟的臉上無光的荒唐浪蕩公子，似乎多見於次男或三男，長男沒有那種野蠻行徑，因為有祖宗傳下來的所謂的祖產，所以自然而然地產生出恆心，是非常禮儀端正的人。也就是說，長男的不務正業，並非如次男三男的花天酒地，而是些利用閒暇時間做的娛樂，如此一來，若能藉由這些娛樂，讓大家認同名門世家的長男是名符其實的品格高尚的人，自己也能陶醉於這種生活品格的話，就萬事圓滿了。

「哥哥都沒有冒險精神，這樣不行。」今年十六歲的活潑妹妹這麼說，「好沒用。」

「不是，並不是這樣。」十八歲的粗野弟弟提出相反意見，「哥哥是因為太注重男性風采了。」

這個弟弟膚色黝黑，是個醜男。

浦島太郎聽到弟弟妹妹這般不客氣的批評，也沒生氣，只是苦笑著說：

「讓好奇心爆發是種冒險，另外抑制好奇心也是種冒險，不管哪個都很危險，每個人都有其宿命呢。」也不知怎麼地，他用種似乎是領悟了某些不明究理的事的語調說著，雙手背在後面，一個人走出家門，在海岸邊到處走走晃晃，

只見芍薦[1]交錯，

漁夫之釣船啊。

他如往常一樣，隨口唸出頗為風雅的片斷詩句，「人類為什麼不互相批評就活不下去呢？」他悠然偏著頭思考這個單純的問題，「無論是海灘上的荻花，還是爬過來的小螃蟹、在海灣休息的雁兒，他們都不會批評我。人類也必須這樣啊，每個人都有他各自的生活作風，難道大家不能互相尊重彼此的作風嗎？我明明只是努力過著文雅的生活，又沒有影響到任何人，為什麼這樣也會被人說三道四，真煩人。」他幽幽嘆了口氣。

「喂，喂，浦島先生。」此時，腳邊傳來微小的聲音。

這就是眾所皆知的那隻問題烏龜，在此，也不是要特別炫耀我多了解烏龜啦，只是想說烏龜也有許多種類，有住在淡水裡的烏龜，也有住在鹹水裡的烏龜，每種的形狀好像都不同。在弁才天女神[2]池畔懶洋洋曬太陽的烏龜應該是叫做石龜吧，繪本裡常出現浦島先生乘坐在石龜上，舉起手眺望遙遠龍宮的圖畫，可是那種烏龜一進到海裡，馬上就會被鹹水嗆死。可是，在婚禮會場上擺設的蓬萊松盆景上，和鶴一起隨侍在蓬萊山與尉姥[3]身邊的烏龜，還有「千年鶴萬年龜」裡被認為吉利的烏龜，似乎都是這種石龜，不大會看到鱉或玳瑁的蓬萊松盆景。因此，繪本的插畫家在無意間認為浦島先生的嚮導一定就是石龜（因為蓬萊和龍宮都是差不多的地方），也是無可厚非的事。可是我總覺得用那長著指甲的笨拙的手划水潛到海底深處很不自然，這裡再怎麼樣也要讓玳瑁出場，讓牠用那大片鰭狀的手悠然自得地划水前進才行。可是哎呀，雖然我不是要賣弄知識，不過這裡又出現一個難題，玳瑁的棲息地，在本國，聽說只棲息在小笠原、琉球、台灣等南邊的幾個地方，像丹後這種北海岸也就是日本海那樣的海邊，很可惜地，玳瑁是沒辦法游上來的，那麼，我想乾脆讓浦島先生成為小笠原人或琉球人吧，可是，浦島先生自古以來就被認為是丹後水江的人，而且，好像在丹後的北海岸現在也還有個浦島神社，所以，再怎麼說童話是編造出來的故事，站在尊重日本歷史的立場上，這樣輕率的胡扯還是不被允許的。如果真要改的話，只能讓原本棲息在小笠原和琉球的玳瑁擴展其棲息地到日本海，可是這樣生物學家又會出來抗議說「不可能有那種事」，而且動不動就被他們藐視說文學家就是缺乏科學精神也非我所願，因此，我這麼想，除了玳瑁外，有沒有其他有鰭狀掌且能活在鹹水裡頭的烏龜呢？有沒有赤蠵龜這種烏龜呢？十年前左右（我也真的老了），我曾在沼津的海邊民宿度過一個夏天，那時，在那個海邊，有一隻龜殼直徑近五呎的海龜上岸，引起漁夫們大騷動，我也確實親眼看到，我記得牠就叫做赤蠵龜，就是這個，就決定這個，我想如果牠能在沼津海邊上岸的話，嗯，繞到日本海一下，在丹後的海邊出現，也不會在生物學界引起騷動吧，如果還被說因為海潮流向的關係，不可能在那邊出現的話，我也不管了，就說「在不可能出現的地方出現了真是不可思議啊，只不過是隻海龜嘛」，輕鬆帶過就好，也不用太依賴科學精神啦，定律、公理也不過是假設而已，別那麼理直氣壯的。話說這隻赤蠵龜（赤蠵龜這個名字好像太長了，會咬到舌頭，之後就簡稱為烏龜）伸長脖子仰望著浦島先生。

「喂，喂，」牠叫著，並且說：「沒辦法啊，我懂。」

浦島很驚訝，「什麼嘛，是你啊，你不就是我日前搭救的那隻烏龜嗎？你還在這附近閒晃啊？」

這隻烏龜就是之前浦島先生看到小孩在嘲弄烏龜，覺得牠很可憐，而把牠買下放回海裡的那隻烏龜。

「怎麼說我在閒晃呢？這樣我就太可憐了，我會怨恨您喔，少爺，您別看我這樣，我可是為了要報答您之前的恩情，自那之後，每日每夜都來這個海邊等待少爺您的到來呢。」

「這樣該說你是思慮不周，還是魯莽呢？如果又被那群小孩看到，要怎麼辦？下次你無法活著回去喔。」

「您要什麼帥啊，如果我再被抓到的話，就再請少爺買回去呀，我思慮不周真不好意思，我再怎麼樣也想再見少爺您一面啊，這種忍不住想見的心情，顯示出愛上別人就處於弱勢啊，這種心情請您理解啊。」

浦島苦笑，嘀咕了一句：「真是個任性的傢伙。」

烏龜責問：「什麼嘛，少爺，您這麼說是自相矛盾呢，您剛才明明自己說討厭人們批評，但您自己卻不斷批評我，一下子說我思慮不周或魯莽，現在又批評我任性，少爺您才是任性，我有我自己的生活風格，您也稍微認同我一下吧。」烏龜漂亮反擊。

浦島面紅耳赤，「我說的並不是批評，只是訓誡，也可說是婉言規勸吧，所謂忠言總是逆耳吧。」說了這段似乎很有道理的話呼嚨過去。

「不裝模作樣的話，實在是個好人啊，」烏龜小聲說著，「算了，我已經不再說什麼了。請坐到我的龜殼上。」

浦島驚呆，「你到底在說什麼啊，我討厭這麼野蠻的事，坐在龜殼上這種事可說是太猖狂，絕不是高雅的舉止。」

「那種事怎麼樣都可以啦，我只是想帶您去逛龍宮城，當作您前些日子搭救的回禮，來吧，趕快坐到我的龜殼上吧。」

「什麼，龍宮？」他說著噗哧笑了出來，「你是在說笑吧，你是不是喝醉酒了？說出這麼不切實際的話，龍宮這種地方雖然從古至今在歌曲裡被歌詠著，或是在神話故事裡被傳頌著，但卻是不存在於這世上的東西，喂，你知道嗎？那可說是自古以來我們這些風雅人士的美夢、憧憬呢。」因太高雅而變成些許裝腔作勢的語調。

這次換成烏龜笑出來，「真受不了，風雅的講解，稍後我會好好聽您說的，嗯，反正先相信我說的話，坐上我的龜殼吧，您看起來像是不懂冒險的滋味，這樣不行。」

「你這個傢伙，怎麼和我妹說出一樣失禮的話，我確實不怎麼喜歡冒險，打比方說的話，那就像雜技般的東西，即使再怎麼花俏，也還是粗俗，或許可說是旁門左道，沒有對宿命的冷靜觀察，也沒有關於傳統的教養，說起來就像是盲人不怕蛇那樣，是會讓我們這種正統的風雅人士感到非常厭惡的事，也可說是很輕蔑，我想筆直地走在先人開闢出來的穩當道路上。」

「哼！」烏龜噗哧笑了出來，「那種先人的道路才是冒險的道路不是嗎？不，因使用『冒險』這種拙劣的詞彙，才會覺得很像血腥不衛生的流氓，換個說法說是『相信的力量』如何？只有相信這個山谷對面開著美麗花朵的人，才會毫不猶豫抓著藤蔓往那頭走去。人類把這個想成是雜技，或是為此喝采或認為是譁眾取寵而看不起，可是這絕對和雜技演員的冒險不一樣。抓著藤蔓穿越山谷的人只是想要看對面山頭的花而已，他們完全沒想到自己現在正在冒險，沒有那種低級的虛榮心，有什麼冒險是值得炫耀的？好愚蠢。就只是『相信』，徹底相信有花，只是將那樣的姿態，嗯，暫且叫做『冒險』而已。沒有這樣的冒險心，就代表您沒有相信的能力，『相信』是沒品的事嗎？『相信』是邪門歪道嗎？你們這些紳士好像是以『不相信』自滿生活著，才會無法應付，這不是頭腦好壞的問題，有這種想法是寒酸的，是吝嗇的，代表你們總是想著不要吃虧。請您放心，沒有任何人會跟您索求什麼。你們連人們的親切都不懂得坦率接受，是因為你們覺得要回報很麻煩，嗯，看來所謂的風雅人士都是小氣鬼呢。」

「你怎麼說這麼過分的話，我被弟弟妹妹不斷奚落，才來海邊，結果又被救過的烏龜說出同樣失禮的批評，似乎自身沒有尊重傳統自覺心的非我族類都會說一些自以為是的話，可說是一種自暴自棄吧。我洞悉一切，雖然這不該從我口中說出來，不過你們的宿命和我的宿命有非常大的階級差距，生來就不一樣，這不是我害的，是天賜與我的宿命。但是，這對你們來講似乎相當不甘心，你好像無論如何都想把我的宿命往下拉到和你們的宿命一樣，可是，上天巧妙的安排不是人力可改變的。你吹牛說可以把我帶到龍宮，似乎試圖和我平起平坐，夠了，因為我洞悉一切，你就不要再掙扎了，速速回到海底自己住的地方吧。什麼嘛，我刻意救了你，如果再被小孩抓到，就損失大了，你們才真的是不懂坦率接受人們的好心幫忙。」

「嘿嘿，」烏龜無所畏懼地笑了，「刻意救我這我非常感激，紳士就是這樣才讓人討厭，你們總認為自己對別人施捨恩惠是種美德，然後在內心期待對方會給些許回報，卻對別人施捨的恩惠抱持高度警戒，認為自己不屑和對方平起平坐，實在太讓人失望了。那我也要說說，您會救我是因為我是烏龜，而欺負我的對方是小孩吧，因為在烏龜和小孩間居間仲裁不會有任何後患吧。而且對小孩而言，五文錢這個金額已非常大，可是，五文錢還是殺價後的金額呢，我以為您會出更多錢的，您這麼小氣，我真的很傻眼，想到我身體的價值只值五文錢，就覺得很哀怨。雖然如此，那時眼前出現的是烏龜和小孩，您才想說就出個五文錢仲裁一下，嗯，只是心血來潮而已吧。但是，如果那時對方不是烏龜和小孩，嗯，假設是粗暴的漁夫欺負生病的乞丐的話，您別說五文錢了，連一文錢都不會出，不，您一定只會皺眉快速通過。你們非常討厭被迫看到人生殘酷的一面，彷彿像是自己高級的宿命被糞尿潑到般。你們的「親切」

是玩樂，是享樂，因為是烏龜，就救一下，因為是小孩，就給個錢，如果遇到的是粗暴的漁夫和生病的乞丐，才懶得理呢，因為非常非常厭惡被實際生活的腥風吹到您尊貴的臉，也不想弄髒您自己的手。這些事我是聽說的啦，浦島先生，您不會生氣吧？因為我喜歡您呀，還是您會生氣呢？您可能認為像您這種擁有上流宿命的人被我們這種下等人喜歡是件很不光彩的事，不知該如何是好，更何況我還是一隻烏龜啊，被一隻烏龜喜歡是不是很噁心？不過，原諒我吧，因為喜不喜歡一個人無法理性思考決定啊。我也不是因為被您相救才喜歡您，也不是因為您是風雅人士而喜歡您，只是突然喜歡您，因為喜歡，所以想說一下您的壞話，捉弄一下您，也就是說這是我們爬蟲類表示愛情的方式，我們似乎被認為是反正是爬蟲類，反正是被分為和蛇同一種族類，所以無法信任，這也沒辦法。可是我不是伊甸園裡的蛇，不是我在說，我只是一隻日本烏龜，我不是試圖要讓您墮落才慫恿您去龍宮，請您了解我的心意，我只是想和您一起玩而已，想一起去龍宮玩而已。在那個國度裡沒有無聊的批評，大家都悠閒過生活，所以是個很適合遊玩的地方。我也會上來陸地上，也會潛水到海底，因此我能夠觀察比較兩邊的生活，總覺得陸地上的生活很混亂，太多相互批評了，陸地上的生活對話全都是說別人的壞話，要不就是宣揚自己，很讓人厭煩。多虧我不時上來陸地，稍微熱中於陸地生活，也才會開口說出聽到的批評，看來我真的是受到不好的影響，雖然如此，這種批評的習慣有種無法戒掉的妙處，讓我有點覺得生活在沒有批評的龍宮城有點無趣，看來我真的染上惡習了呢，這算是文明病的一種吧。現在我已經分不清楚自己是海裡的魚類還是陸地上的爬蟲類了，就像那個不知是鳥還是獸的蝙蝠，有著悲哀的性格。嗯，該說我是海底的異類吧，漸漸覺得很難在故鄉的龍宮城生活了，可是那裡是個很適合玩樂的地方，這我可以保證，請您相信我，那是個唱歌跳舞、吃美食喝美酒的國度，對你們這些風雅人士來說是個再好不過的國度。您剛才不是嘀咕感嘆討厭批評嗎？龍宮裡沒有批評喔。」

面對烏龜驚人的連珠炮攻擊，浦島一直閉口無言，不過，他被最後那句話吸引了。

「真的嗎？真的有那樣的國度就好了。」

「咦，您還在懷疑啊？我並不是在說謊，為什麼您就是不相信我呢？我生氣了喔，不付諸行動、直說很羨慕卻只是一直嘆氣，這就是風雅人士的做法嗎？真令人不齒。」

被痛罵成這樣，個性再溫厚的浦島也不能就此作罷。

「那就沒辦法了，」他苦笑著說，「那我就聽你的話，在你的龜殼上坐坐看吧。」

「您說的每句話都不中聽。」烏龜真心不高興起來，「『坐坐看』是什麼意思？『坐坐看』和坐，結果都一樣，邊懷疑邊試著往右轉與因相信而斷然往右轉，其命運是相同的，無論如何都是無法回頭的，因為在開始試的瞬間，您的命運已經決定了，人生沒有什麼是試試看的，『做做看』和做是一樣的意思，老實說你們真的很不乾脆，總想著要回頭。」

「我知道了，知道了啦，那我就相信你，坐上去了喔！」

「來吧！」

浦島一坐到烏龜的龜殼上，瞬間只見烏龜背部不斷變大，變成兩片榻榻米大，輕輕晃動進到海裡，游離海邊幾呎後，「眼睛稍微閉一下。」烏龜用嚴肅的語氣命令，浦島乖乖地閉上眼睛，於是聽到雷陣雨般的聲音，身邊有點暖暖的，有股類似春風但又比春風稍微濃烈一點的風吹撫著耳朵。

「水深千庹[4]。」烏龜說。

浦島感到一陣暈船般的胸悶。

「我可以吐嗎？」他閉著眼睛問烏龜。

「怎麼啦？您想吐啊？」烏龜恢復之前的玩笑口吻，「好髒的船客啊，哎呀，您怎麼這麼老實，還閉著眼睛呢，我就是這樣才喜歡您啊，眼睛可以張開了喔，張開眼睛，看看四周的景色，噁心感馬上能夠緩解。」

浦島張開眼睛，只覺四周瀰漫著模糊迷茫、淡綠色的奇妙光芒，看不到任何影像，只覺得一片迷迷茫茫的。

「是龍宮嗎？」浦島用夢囈般的緩慢語調說。

「您在說什麼啊？才只不過是水深千庹啊，龍宮在海底一萬庹的地方。」

「欸～」浦島發出奇妙的聲音，「海，真的是很寬廣耶。」

「您明明住在海邊，怎麼卻說出這種深山猴子會說的話，海比你家前的水池還稍微寬廣一點啦。」

觀望前後左右，不管哪裡都只是一片渺渺茫茫，看了一下腳邊，也只是一片淡綠色的亮光無邊無際地延續著，往上看，只見一圈漩渦狀的蒼穹汪洋，除了兩個人的聲音外，四周一片寂靜，只有像是春風卻又比春風更濃厚一點的風搔弄著浦島的耳朵而已。

不久後，浦島在遙遠的右上方看到一撮散開來的灰點。

「那是什麼？是雲嗎？」他問了烏龜。

「您不要開玩笑了，海裡面怎麼會有雲在流動呢？」

「那麼那是什麼？好像是一滴墨水滴下來，只單純是塵垢嗎？」

「您蠢了嗎？看就知道啊，那是一大群鯛魚啊。」

「喔？看起來好小喔，不過也有兩、三百隻吧？」

「好笨喔，」烏龜嘲笑，「您是認真的嗎？」

「那麼，是兩、三千隻嗎？」

「您看仔細，隨便算也有五、六百萬隻。」

「五、六百萬？你別嚇我了。」

烏龜默默地笑，「那不是鯛魚啦，那是海裡的火災，冒出好多煙啊，這麼大量的煙啊，嗯，看來應該是二十個日本那麼大的地方燒起來了吧。」

「你亂講，海裡火怎麼可能燒得起來。」

「您真的太考慮不周了，水裡面也有氧氣啊，不可能燒不起來的。」

「你別呼嚨我了，那簡直是愚蠢的詭辯。不開玩笑了，那個像垃圾般的東西到底是什麼？果然還是鯛魚嗎？應該不會真的是火災吧？」

「不，是火災。您到底有沒有想過，陸地世界有無數條河川不分晝夜流向海裡，但海的水量卻無增無減，總是能夠保持著同樣的水量是為什麼呢？海當然也會覺得很困擾啊，一直不斷被灌水進來，也不知道如何處置啊，因此有時會用些方法把不需要的水燒掉。來，燒吧，燒吧，好大的火災啊。」

「什麼！煙完全沒擴散啊，那個到底是什麼？從那群東西自剛才開始就都沒動看來，應該也不是一大群魚吧。不要再開些刁難人的玩笑了，告訴我吧。」

「那就告訴你好了，那是，月亮的影子。」

「又是誆我的吧？」

「不，海底裡不會映照出陸地的影子，不過天體的影子是從正上方落下來，就映照得出來，不只月亮的影子，星辰的影子全部都會映照出來，因此在龍宮，會依照那些影子做曆法、訂四季，那個月亮的影子比滿月稍微缺一點，今天是農曆十三號吧。」

因為烏龜用很認真的語氣說，浦島認為或許真的是那樣，可是還是覺得哪裡不對勁，不過在放眼望去無邊無際的一大片淡綠色汪洋的角落，只有幽黑一點停在那裡，對風雅人士的浦島來說，即使被騙說那是月亮的影子，看起來也比群聚的鯛魚或火災更有趣，且比較能勾起鄉愁。

不久後，周圍莫名地暗了下來，伴隨著轟隆隆駭人的聲音，強風呼嘯吹來，浦島差點就從烏龜背上摔下來。

「再把眼睛閉上吧。」烏龜用嚴肅的口吻說，「這裡剛好是龍宮的入口，人類即使做海底探險，通常到了這裡就認為這是海底盡頭而打道回府。穿過這裡進到裡面的人類，您是第一個，而且或許也是最後一個。」

浦島覺得烏龜好像翻了一個身，用翻過身的姿勢，也就是腹部朝上的姿勢繼續游著，如此浦島黏著烏龜的龜殼，變成身體翻過來只有一半掛在龜殼上的姿勢，不過也不會掉下來，就這樣倒著身體跟烏龜一起往上飄去的感覺，實在是個很奇妙的錯覺。

「張開眼看看吧。」聽到烏龜這麼說時，已經沒有倒掛著的感覺了，理所當然地坐在龜殼上，烏龜不斷往下游去。

周圍如同黎明般微亮，腳下依稀看到白色的物體，看來像是座山，也很像是幾座塔相連，不過如果是塔，也太大了。

「那是什麼？是山嗎？」

「是的。」

「是龍宮的山嗎？」因為太興奮，聲音有點分岔。

「是的。」烏龜奮力地游著。

「好白啊，是因為正在下雪嗎？」

「看來擁有高級宿命的人想的事和一般人不同呢，很值得敬佩，是因為您認為海底會下雪吧。」

「可是，海底好像也會發生火災啊，」浦島打算報剛才的仇，「那也可能下雪啊，為什麼呢？因為有氧氣啊。」

「下雪和氧氣完全沒關聯，即使要扯上個邊，也只不過是像風和木桶店的關係而已，好愚蠢，想用這種事壓制我，不行喔，看來有氣質的人們很不會吐槽呢。『去賞雪容易回程難』，這什麼比喻，不太高明呢，不過也算比氧氣好吧，您想說『有氧氣就能燃燒生熱』嗎？那就好像吐氣會吐出臭氣般。這次，『氧氣』這個話題沒有幫到您。」果然，在口才上是辯不過烏龜的。

浦島邊苦笑，「話說回來，那座山，」他正這麼說著時，烏龜又嘲笑起他來。

「『話說回來』，好大的口氣啊！話說回來，那座山並不是正在下雪，那是座珍珠山。」

「珍珠？」浦島很驚訝，「騙人的吧，假使堆珍珠堆十萬顆二十萬顆，也不可能堆成那麼高的山啊。」

「十萬顆、二十萬顆，好小氣的算法啊，在龍宮不會這麼零碎地一顆兩顆地算，是一堆一堆地算，一堆大概三百億顆吧，根本沒有人會仔細去算，把約一百萬堆堆積起來後，大概就成了那樣的一座山吧。我們對於要怎麼處理這些珍珠很困擾，因為追根究柢，這些是魚類的糞便啊。」

吵吵鬧鬧總算到了龍宮正門，比想像中的小，孤零零地坐落於珍珠山麓下發著光。浦島從烏龜的殼上下來，在烏龜的帶領下，稍微彎腰進了正門，周圍微亮，而且萬籟俱寂。

「好安靜啊，安靜得可怕，這裡該不會是地獄吧。」

「您振作點，少爺。」烏龜用龜鰭拍著浦島的背部，「王宮這種地方，到處都這麼安靜喔，把丹後海邊那種整年辦喧鬧的豐收祭的景象當作龍宮景象，是陳舊的幻想，好可悲。簡樸幽靜不正是你們這些風雅人士追求的極致嗎？竟然說是地獄，真可笑，只要習慣後，這種微暗的光線能讓心靈無比平靜的。請注意腳邊喔，如果滑倒就失態了，咦，您還穿著草鞋啊，脫掉吧，太失禮了。」

浦島面紅耳赤地脫掉草鞋，赤腳走路，於是覺得腳底濕濕黏黏的，很不舒服。

「這是什麼路，好不舒服。」

「這不是路，這是走廊喔，您已經進入龍宮城了。」

「這樣啊。」浦島驚訝地環顧四周，沒看到任何牆壁或柱子，只有灰暗的氛圍在身邊流動著。

「龍宮既不會下雨也不會下雪。」烏龜用異常苦口婆心般的語氣告訴浦島，「所以，不需要像陸地上的家做出限制空間的屋頂和牆壁。」

「可是，大門上面有屋頂不是嗎？」

「那是個標示，不只大門，乙姬公主的房間裡也有屋頂和牆壁，可是那也是為了維持乙姬公主的尊嚴而做的，並不是為了遮風避雨而做的。」

「這樣啊。」浦島露出不可思議的表情，「那位乙姬公主的房間在哪裡？放眼四周就好像冥府，是個蕭條寂靜的幽境，連一草一木都沒看到啊。」

「看來這對鄉下人來說很難理解啊，你們對巨大建築物和華麗裝飾都會瞠目結舌，但對這樣幽靜的美卻全然沒興趣。浦島先生，您的文雅也不怎麼樣嘛，不過您只是丹後海濱的風雅人士，也不能對您要求太多，說什麼有傳統深厚教養，讓人聽了嚇到冷汗直流，您還真敢說自己是正統的風雅人士，像這樣實地看到這些景象，鄉下人就露出馬腳了，真可怕。這種東施效顰的風雅扮家家酒今後就別再玩了吧。」

總覺得到了龍宮後，烏龜的毒舌又變本加厲了。

浦島極度心虛，「因為什麼都沒看到啊。」他用幾乎哭喪著的聲音說。

「所以，我不是跟您說過注意腳邊嗎？這個走廊不是普通的走廊喔，是魚搭起來的橋梁喔，您仔細看看，是幾億條魚彼此聚在一起，變成走廊的地板喔。」

浦島心頭一驚，踮起腳尖，難怪從剛才就一直覺得腳底黏黏滑滑的，定睛一看，原來如此，無數大小不同的魚類背靠背無縫隙地排列著，一動也不動地凝聚著。

「這太過分了。」浦島的步伐突然變得提心吊膽起來，「好惡劣的興趣喔，難道這就是所謂的簡樸幽靜的美？踩在魚的背上走，簡直就是野蠻至極的事。首先，這些魚太可憐了，這種奇怪的風雅，我這種鄉下人是不懂的。」剛才被說是鄉下人的憤恨在此發洩，心情稍微舒爽了些。

「不，」此時，腳邊傳來細微聲音，「我們每天聚集在這裡，聽乙姬公主的琴聲聽到入迷，魚搭成的橋梁並不是為了風雅而做的，請您不要想太多，就走過去吧。」

「這樣啊。」浦島暗自苦笑，「我以為這也是龍宮的裝飾之一。」

「並不只如此，」烏龜立刻插嘴，「您該不會認為這座橋梁也是乙姬公主為了歡迎少爺您而特別命令魚那麼做的……」

「啊，不，」浦島面紅耳赤狼狽地說，「怎麼會，我還沒那麼自戀，可是，喂，都是因為你說就把這當作走廊地板這種不正經的話，我也才會覺得魚被踩過去應該很痛吧。」

「在魚的世界裡，不需要地板這種東西，我才想說用陸地上的東西來比喻的話，相當於地板，才這麼說明給您聽的，絕對不是說什麼不正經的話。啊，您覺得魚會痛嗎？在海底，您的身體只不過約一張紙的重量而已，您不覺得自己的身體輕飄飄地浮著嗎？」

被這麼一說，也不是沒有輕飄飄的感覺。浦島覺得自己一再被烏龜無謂地嘲弄，惱怒極了。

「我已經無法再相信任何事了，就是因為這樣，我才討厭冒險，我一直被騙，是因為我無法看穿那些謊言，只能一直聽從嚮導說的話，聽到你說『這就是○○○○』，我也只能相信就是那樣。冒險真的就是欺瞞人，說什麼琴音，我完全沒聽到啊。」浦島終於亂發起脾氣來了。

烏龜沉著冷靜地說：「那是因為您只過過陸地上的平面生活，一直認為目標物在東西南北某個方向。可是，海裡面就只有兩個方向，也就是上和下，您從剛才開始就一直認為乙姬公主的房間在前面，這就是您認知上很大的謬誤，為什麼您不看看頭上呢？又不看看腳下呢？海裡世界是個漂浮著的存在，剛才的正門和那座珍珠山，都是稍微浮動著的，只是您自己也是上下左右搖晃著，所以才不知道其他東西也都在動。您可能覺得自己從剛才開始就一直往前方移動不少距離，但其實您在同一個位置，反而往後退了也說不定，現在因為潮汐的關係，不斷地往後流，就這樣，從剛才開始，大家一起往上漂浮百庹了。別說這麼多了，反正再在這座魚橋梁上走過去吧，看！魚的背部也漸漸散開來了呢，注意不要踩空了，不過就算踩空了，也不會咚地掉下去啦，因為您只有一張紙的重量而已。也就是說這座橋是座斷橋，過了這個走廊，前方還是什麼都沒有，不過您看一下腳邊。喂，魚兒們，你們先讓讓，少爺要去見乙姬公主。這些魚就這樣形成龍宮城的主要的屋頂蓋，說到水母組成的漂浮屋頂蓋，你們風雅人士也會很高興吧。」

魚兒們安靜無言地左右散開，隱約地聽到琴音從腳下傳來，和日本古琴的音色很相似，可是又沒那麼強烈，是更溫和、虛幻、餘音嫋嫋。《菊之露》、《薄絹》、《傍晚天空》、《砧板》、《漂浮著睡》、《雉雞》，都不是這些曲調，那是連風雅人士的浦島，也找不到更好比喻般的楚楚可憐的、無依無靠的聲音，可是卻是陸地上聽不到的高雅孤寂感，從底下傳上來。

「好不可思議的曲子呢，那是什麼曲子呢？」

烏龜稍微側耳傾聽了一下，「聖諦。」簡短回答。

「ㄕㄥˋ ㄉㄧˋ？」

「『神聖』的『聖』，『真諦』的『諦』。」

「喔喔，是喔，聖諦。」浦島小聲唸了一下，這是他第一次感受到海底龍宮生活的崇高，和自己的品味相差懸殊，自認為的高雅等想法是不可靠的，烏龜聽到自己講什麼傳統的教養、正統的風雅等時，冷汗直流也無可厚非。自己認為的風雅只是東施效顰，真的是鄉下的山中猴子而已。

「以後你說什麼事我都會相信喔，聖諦，原來如此啊。」浦島呆若木雞地站著，傾聽著那首非常不可思議的聖諦曲子。

「來吧，要從這裡跳下去喔，沒什麼危險，像這樣展開雙臂，腳往前踏出一步，就會搖搖晃晃心情舒暢地降落，在這座魚橋梁的終點往正下方降落，剛好到達龍宮正殿的樓梯前，來吧，您在發什麼呆啊，要跳下去了喔，準備好了嗎？」

烏龜搖搖晃晃往下沉，浦島也重新振作精神，張開雙臂，往魚橋梁外跨出一步，很舒服地迅速被吸下去，雙頰像是被微風吹拂般涼爽，不久周圍變成綠色樹蔭般的色調，琴聲也越來越近了，正當這麼想著時，他就和烏龜併排站在正殿的樓梯前了，雖說是樓梯，也不是一階一階清楚分明，而是個鑲著閃著灰色昏暗光線小珠子的緩坡。

「這也是珍珠嗎？」浦島小聲詢問。

烏龜用憐憫的眼神看著浦島的臉，「只要看到小珠子，就認為什麼都是珍珠，珍珠已經被丟掉變成那座高山了不是嗎？算了，你用手撈一下那些小珠子。」

浦島依烏龜的指示用雙手撈取小珠子，感到一陣冰涼。

「啊，是冰霰！」

「別開玩笑了，順便把那些放進嘴巴裡吧。」

浦島坦率地大口吃下五、六顆這些像冰般的冰涼珠子。

「好吃。」

「對吧？這些是海裡的櫻桃，吃了這個，三百年都不會老。」

「是喔，吃幾個都一樣嗎？」風雅人士的浦島也忘記禮節，顯示出想撈更多吃更多的氣勢，「我就是討厭變老變醜，雖然死不足懼，可是只有老醜不合我胃口，我再多吃一些好了。」

「有人在笑呢，您往上看，乙姬公主已經出來迎接您了，啊，她今天特別美麗呢。」

櫻桃坡道盡頭處，有位身著藍色薄紗的嬌小女性微笑站著，透過薄紗看得到雪白肌膚。

浦島慌忙把眼光撇開，「是乙姬公主喔？」他對烏龜小聲說道，他的臉都漲紅了。

「這還用說嗎？你在張皇失措什麼啊？趕快打招呼啊。」

浦島更加不知所措，「可是，要說什麼才好呢？像我這樣的人講出名字，也沒人認識啊，再說，我們這次的拜訪太唐突了，沒什麼意義，回去吧。」連自認為是高級命運的浦島在乙姬公主面前，也變得很卑躬屈膝，準備落跑。

「乙姬公主早就知道您的事了，不是說皇帝萬事皆知嗎？您就死心吧，只要鞠個躬就好了啦。再說，就算乙姬公主完全不知道您的事，她也不會特別警戒，她不會做那種小鼻子小眼睛的事，您不用想太多，您就跟她說『我來玩囉』就好了。」

「怎麼能這麼失禮呢，啊，她在笑，總之，先鞠躬吧。」

浦島很認真地鞠躬，雙手都快碰到腳趾了。

烏龜看著替他捏了一把冷汗，「您太畢恭畢敬了，讓人心煩，您不是我的恩人嗎？拿出更有威嚴的態度，那麼畢恭畢敬的，完全不是高雅的表現。這是乙姬公主的招待，走吧，挺起胸膛，展現出『我是日本最好的男子，是最高級的風雅人士』的氣度，驕傲地走喔。您對我們的態度那麼傲慢，對方是女性，您就變得毫無志氣啊。」

「不不，面對高貴的人，一定要盡到相當的禮數。」浦島緊張得破音了，腳也躑躅不前，步履蹣跚地爬上樓梯，環顧四周，彷彿就像鋪著千萬塊榻榻米的寬廣客廳，不，與其說是客廳，說是庭園還比較貼切，不知從何處照射過來、樹蔭般的綠色光線打下來，朦朧形成的千萬塊榻榻米的廣場上，散落著冰霰般的小粒珠子，隨處可見黑色岩石隨意坐落在四處，就只是這樣而已，當然沒有屋頂，柱子一根也沒有，視線所到之處只是一大片幾乎可說是廢墟的荒涼大廣場，仔細看的話，是可從珠子般的細小縫隙中看到紫色小花冒出頭，這反而更增添了寂寥感，或許這就是幽靜的極致，可是仔細想想他們還真能在這種無依無靠的地方生活啊，浦島想著想著嘆了一口氣，然後又鼓起勇氣偷偷看了乙姬公主的臉。

乙姬公主默默地轉過身去，緩緩邁出腳步，此時浦島第一次注意到乙姬公主的背後，有無數比鱂魚還小的金色小魚聚集飄游著，且隨著乙姬公主移動的路徑移動，那景象看起來也像是金色的雨不斷落在乙姬公主的身邊，讓人感到果然是不似這世上有的高貴氣度。

乙姬公主讓包覆著身體的薄紗隨著水流飄動，赤腳走路，仔細看發現她那雪白的小腳並沒有踩到下面的小珠子上，腳底和珠子間有很小的縫隙，那雙腳底可能沒踩踏過任何東西，所以一定和剛出生的小嬰兒的腳底一樣粉嫩漂亮，一想到此，就益發覺得這樣完全不戴任何裝飾品的乙姬公主身上散發出真正的氣質和優雅。此時湧現出幸好有到龍宮來的心情，漸漸感謝起這次的冒險，正當他陶醉地跟著乙姬公主的腳步前進時，「如何？不錯吧？」烏龜悄聲在浦島的耳邊說，邊用龜鰭碰觸浦島的側腹好幾次。

「啊，幹嘛啦，」浦島露出狼狽樣，「這種花，這種紫色的花，好漂亮。」他顧左右而言他。

「這個啊，」烏龜意興闌珊地回答，「這是海裡櫻桃的花，和紫羅蘭有點像，吃了這種花瓣，就會微醺，算是龍宮裡的酒。還有，那個像是岩石的東西是藻類，因為已經過了幾萬年，所以結成岩石的樣子，不過，那東西比羊羹還軟，那比陸地上的任何料理都還美味喔，每個岩石的味道都不一樣。我們在龍宮過的生活就是吃這種藻類，再含著花瓣喝醉，口渴就含著櫻桃，聽乙姬公主的琴音聽到入迷，眺望著像是花吹雪般的活生生的小魚跳舞。如何？我在邀請您來龍宮時，就已經跟您說過龍宮是個充滿歌舞、美食和美酒的國度了，怎麼樣？和您的想像不一樣嗎？」

浦島答不上來，只是苦笑著。

「我知道您想像的情景啦，就是大家敲鑼打鼓大肆喧鬧，很大的盤子上盛著鯛魚和鮪魚等生魚片，穿著紅色衣服的女孩子們跳舞，然後還有金銀珊瑚綾羅綢緞等……」

「怎麼可能，」浦島也露出稍顯不快的表情，「我才不是那麼粗鄙的男人，可是，我以前覺得自己是個孤獨的男人，不過來到這裡，看到真正孤獨的人，就為自己之前裝模作樣的生活感到羞恥。」

「您是說那位的事嗎？」烏龜小聲說著，並順勢將下顎往乙姬公主的方向抬了一下，「那位呀，一點都不孤獨喔，她不在意。人是因為有野心，才會在意孤獨這件事，因此如果不在意周遭的事，一個人生活千百年也都能很開心，正因為這樣，對那些不在意別人批評的人而言……是說，您要去哪裡啊？」

「啊，什麼，沒有啦，」浦島對突如其來的問題大吃一驚，「因為，你說那位……」

「乙姬公主並不是要特別引導您到某個地方，她已經忘記您的事情了，她現在應該是要回自己的房間吧。您振作一點，這裡是龍宮，這個地方沒有其他可以讓您觀賞的地方了，嗯，您就在這裡用您喜歡的方式玩耍吧，只有這樣不夠嗎？」

「你不要欺負我，我到底要怎麼做才好。」浦島哭喪著臉說，「因為乙姬公主出來迎接我，不是我自己太自戀，我只是認為跟著她走比較有禮貌，並不是覺得有什麼不夠，就只是這樣而已，你怎麼說得一副我好像別有居心，你才真的是壞心眼，這樣不是很過分嗎？我打從娘胎出來，沒經歷過這麼難為情的事呢，真的好過分！」

「不要這麼在意，乙姬公主是位心胸開闊的人喔，您是從遙遠的陸地上來的稀客，再加上您是我的恩人，她出來迎接您是理所當然的啊。再加上您精神抖擻相貌堂堂瀟灑登場，啊，這是開玩笑的，您不要又自戀了起來。總之，乙姬公主都會到樓梯來迎接拜訪自家的稀客，您放心吧，接下來您就隨意自由在這裡住個幾天好好玩吧，她可能裝作什麼都不知道，就那樣回到自己的房間吧，老實說我們也不太知道乙姬公主的想法，因為她總是一派磊落大方的樣子。」

「不，聽你這麼一說，我倒是有點了解了喔，你的推測也相差不遠，也就是說，這種作法說不定是真正高貴的人的迎賓法，迎接賓客後就把賓客忘記，而且賓客身邊自然擺著美酒珍饈，歌舞樂曲也不是刻意要為賓客演出。乙姬公主彈琴並不是特意要彈給誰聽，魚兒們也不是特別要炫耀給誰看，只是自由自在地開心跳舞玩耍，他們並不是要得到客人的讚賞，客人也不必特別留意他們的行動，還要做出很佩服的表情，甚至可以隨意躺著裝作周圍沒這些活動也沒關係。主人已經忘記有客人這回事了，而且，主人也已經允許客人可以自由活動了，客人想吃東西就吃，不想吃就不要吃，喝醉酒在睡夢中聽著琴聲也不會特別失禮。啊，招待客人時，應該這樣比較好，不然總是無端勸客人吃很多也不是多特別的料理，聊著一些無意義的社交台詞，而且明明一點也不有趣，卻要無謂地哈哈大笑，對於不是多特別的事也要『哇！』一聲裝作很驚訝，進行著從頭到尾都充滿虛偽的社交，自認為很殷勤招待客人的那些吝嗇又耍小聰明的大笨蛋們，真想給他們看看這個龍宮文雅大方的待客之道，那些人只不過擔心著會不會有失自己的面子，只在意這件事而忐忑不安，就這樣莫名地對客人產生警戒心，一個人瞎忙，若說到有沒有真心誠意，則是連一點都沒有，啊，有啦，有給客人喝很多酒喔，客人也喝了喔，就這樣互相證明有做過這些事，真受不了。」

「對，就是這樣。」烏龜大樂，「但是，您不要因為太過激動而導致心臟麻痺，這樣我會很困擾。算了，坐在這個藻類岩石邊，喝喝櫻桃酒吧，只吃櫻桃花瓣對第一次品嚐的人而言，可能味道會有點嗆，和五、六顆櫻桃一起放在舌頭上，就會馬上溶化，變成適度涼爽的酒喔。隨著不同的混合方式，能變化出各種味道，您就自己隨意調配，做出自己喜好的酒來喝吧。」

浦島現在剛好想喝稍微強烈一點的酒，就把三片花瓣和兩顆櫻桃放在舌尖上，轉瞬間幻化成一杯美酒，只含著也令人陶醉，輕搔著喉嚨吞下去後，體內好像什麼開關被打開般，全身舒暢。

「這個好，真的是一杯解千愁呀。」

「愁？」烏龜馬上質問，「您有什麼憂愁的事嗎？」

「不，沒什麼啦，不是這個意思，啊哈哈哈。」浦島難為情地乾笑了幾聲，然後小小聲嘆了口氣，偷瞄了一眼乙姬公主的背影。

乙姬公主默默地一個人走著，映照著淡綠色光線，看起來就像是晶透的芳香海草，曼妙搖晃姿態一個人踽踽獨行。

「她要去哪裡呀？」浦島不經意囁嚅。

「去她房間啊。」烏龜一副那還用說嗎的表情，一本正經地回答。

「剛才你就一直說『房間』、『房間』，可是那個『房間』到底在哪裡？到處都看不到任何東西啊。」

放眼望去可說盡是一片平坦荒原的大廣場，微透著光，到處都看不到宅邸的影子。

「很遠很遠的那邊，乙姬公主走去的那個方向，很遠很遠的那邊，你沒看到什麼嗎？」

聽烏龜這麼說，浦島蹙眉凝視著那個方向，「嗯，經你這麼一說，好像有什麼呢。」

約一里遠處，像是窺視幽潭底時的某種朦朧不清搖晃著的地方，有個像是小小純白水中花的東西。

「是那個嗎？好小喔。」

「乙姫公主一個人的休憩處，不需要那麼大的宮殿吧。」

「這麼說也是啦，」浦島再度調製了櫻桃酒喝著，「那位，嗯，該怎麼說呢，她總是那麼沉默寡言嗎？」

「嗯，是啊。所謂的語言，不就是在活著的時候覺得不安才產生出來的產物嗎？如同從腐爛的泥土裡長出紅色有毒菇類，對生命的不安才發酵出語言不是嗎？雖然也是有令人愉悅的語言，不過人類連對那些也做了令人討厭的加工不是嗎？人類連對愉悅的語言都會感到不安，人類的語言全部都是經過加工的，是些矯揉造作的產物。沒有不安的話，完全不需要那些多餘的加工。我沒聽過乙姫公主說話，可是有些沉默的人常有的行為就是城府深，喜怒不形於色，那種在心裡偷偷觀察批評的事乙姫公主也絕不會做，她什麼都沒特別想，只是像那樣微笑著彈琴，或者在這廣場上到處走走逛逛，嘴裡含著櫻桃花瓣遊玩，真的是非常悠閒自在。」

「這樣啊，那位公主也果然會喝櫻桃酒啊，因為這實在是個好食物啊，只要有這個，其他食物都不需要了，我可以再多喝些嗎？」

「可以啊，請便，來這裡還客氣的話就太愚蠢了，因為您做什麼都被允許啊，順便吃些什麼東西吧，您看到的這些岩石全部都是珍饈喔，您想吃油膩一點的東西嗎？還是微酸的比較好呢？什麼味道的食物都有喔。」

「啊，我聽到琴聲了，也可以躺著聽吧。」做什麼都能被允許的概念老實說是打從出生後第一次遇到，浦島完全忘卻風雅人士該有的禮節，伸展四肢隨便仰躺著，「啊啊，喝了酒隨意躺著，真舒服啊，順便吃點什麼好了，有像是燒烤雉雞味道的藻類嗎？」

「有啊。」

「還有，有桑葚味道的藻類嗎？」

「有啊，可是，您也會吃些奇奇怪怪的野味啊。」

「暴露出本性了，我是鄉下人啊，」浦島的說話語氣似乎變了，「這才是風雅的極致啊。」

抬起眼一看，遠遠上方魚群們形成的天蓋悠閒漂浮著，看起來一片藍濛濛的，不一會兒，一群魚兒們從那個天蓋衝下來，各自閃著銀鱗，像是滿天白雪紛飛般悠游著。

龍宮裡沒有白天夜晚，永遠都像是五月的早晨般清爽舒適，充滿樹蔭般的綠光，浦島也沒注意在這裡住了幾天，在這段期間內，浦島真的是做什麼都被允許，他也進去了乙姬公主的房間，乙姬公主也沒顯露任何嫌惡之色，只是微笑著。

就這樣，浦島不久就膩了，或許是對做什麼事都被允許這件事膩了吧，開始想念起陸地上的貧乏生活，大家互相在意別人的批評，時而哭泣時而憤怒，他開始覺得小心眼地偷偷摸摸住在陸地上的人可愛至極，而且這些都是非常美好的事。

浦島向乙姬公主道別，乙姬公主面對這樣突然的告辭，也是微笑允許。也就是說，什麼都能被允許，自始至終都被允許。乙姬公主送他到龍宮的樓梯，默默地拿出一個小貝殼，那是散發出耀眼五彩光芒的密合貝殼，這就是大家所知的那個龍宮禮物玉匣子。

去程容易回程難，浦島又搭上烏龜的背部，恍惚地離開龍宮，奇妙的憂愁在浦島心中湧現出來。啊，忘記道謝了，那麼棒的地方，其他地方找不到了。啊，能永遠待在那個地方就好了，可是我是陸地上的人，不管過得多安逸，自己的家、自己的故鄉總是縈繞在腦子一隅無法散去，即使醉於美酒睡著了，但故鄉總會出現在夢中，真讓人洩氣呢，我沒資格在那麼棒的地方遊玩呀。

「哇，好糟，我好寂寞。」浦島自暴自棄般地喊叫，「不知道為什麼，總覺得好糟。喂，烏龜，你再對我說一些惡毒的壞話啊，你怎麼從剛才就一句話都不說啊。」

烏龜方才開始就只是默默地擺動著龜鰭。

「你在生氣吧，你對於我像是吃了霸王餐後從龍宮逃回家般的行徑在生氣吧？」

「您不要鬧彆扭，陸地上的人就是這樣，才讓人討厭。您想要回家就回家啊，我不是一剛開始就跟您說隨自己的意思做嗎？」

「可是，總覺得你沒什麼精神啊。」

「這麼說的您才是莫名地垂頭喪氣吧，我不知怎地就是喜歡去迎接人，對於這種送行，很不喜歡啊。」

「『去程容易』，是這樣吧？」

「現在不是耍幽默的時候，總覺得這種送行讓人提不起勁，只是一味地嘆氣，不管說什麼都很掃興，甚至想說乾脆就在這裡道別好了。」

「果然，你也感到寂寞啊。」浦島熱淚盈眶，「這次真的是受你照顧了，跟你道謝。」

烏龜也沒回答，似乎在心裡想著不必道謝，只稍微搖了一下龜殼，就這樣繼續不停地游著。

「那位公主還是在那裡一個人孤單地遊玩嗎？」浦島一副悶悶不樂地嘆氣，「她給我這麼漂亮的貝殼，這應該不是拿來吃的吧。」

烏龜竊笑，「在龍宮待了一段時間，您也養成大胃王的性格了啊。只有那個似乎不是拿來吃的，雖然我並不是很清楚，不過那個貝殼裡應該放了些什麼吧？」烏龜此時就彷如那條伊甸園的蛇，冷不防地說出誘發人們好奇心的事，果然這也是爬蟲類的共同宿命吧。不不，這麼定罪對這隻善良的烏龜來說太可憐了，烏龜自己之前也對浦島發下豪語說「可是我不是伊甸園裡的蛇，不是我在說，我只是一隻日本烏龜」，如果不相信牠就太可憐了，再加上以這隻烏龜到目前為止對浦島的態度來判斷，也絕不像那條伊甸園的蛇一樣那麼邪惡，會唆使給些毀滅性破壞的誘惑。別說牠有惡意了，牠甚至只不過是隻心直口快得人喜愛的能言善道的烏龜，也就是說，牠沒有任何惡意。我是這樣解釋的。烏龜又繼續用認真的表情說：「不過，這個貝殼或許最好不要打開，因為裡面一定匯聚了龍宮精氣般的東西，在陸地上打開的話，或許會升起奇怪的海市蜃樓，讓您抓狂或做出什麼奇怪的事，又或者也不能保證不會噴出海浪引起大水災，總而言之，我覺得在陸地上釋放出海底的氧氣是一定不會有好事的。」

浦島相信了烏龜的好心忠告。

「或許是這樣呢，如果那麼高貴的龍宮氛圍真的蘊藏在這個貝殼裡的話，一接觸到陸地上庸俗的空氣時，或許會不知所措而引發大爆炸。嗯，我就把這個維持原樣，當作家裡的傳家寶珍惜地保存下去。」

已經浮上海面了，太陽的光線非常刺眼，看得到故鄉的海邊。浦島現在一秒也不想等，想要趕快趕回家，召集父母和弟弟妹妹以及大批的傭人，向他們鉅細靡遺地描述龍宮的模樣、所謂的冒險是「相信的力量」、這個世上的風雅盡是些狹隘的依樣畫葫蘆、所謂的正統只是通俗的別名。大家知道嗎？真正的高雅是聖諦的境界、並不只是單純的放棄；大家知道嗎？在那裡沒有批評這種使人心煩的事，在那裡做什麼都能被允許，公主只是微笑著；你們知道嗎？她會忘記客人的存在，你們不知道吧？這些那些，他想信口開河賣弄不久前才剛聽到的新知識，然後在那個現實主義的弟弟露出一點懷疑的神色時，把這個龍宮的美麗伴手禮遞到他眼前，讓他佩服得五體投地。浦島意氣風發得連跟烏龜道別都忘了，就往海邊飛奔過去，慌慌張張往他老家奔跑，

怎麼了　原本的故鄉
怎麼了　原本的家
放眼望去　盡是荒野
毫無人煙　也沒有道路
只聽到　松林間吹拂的風聲

故事進行到這個橋段了。浦島茫然失措了許久，最終決定要打開龍宮伴手禮的貝殼，我想關於這點，那隻烏龜就沒必要負責了。被說「不准打開」，就是種讓人想打

開看看的誘惑，這種人性的弱點並不限於浦島的故事，「潘朵拉的盒子」那個希臘神話裡也敘述了同樣的心理。可是，那個潘朵拉的盒子，是一開始就潛藏著神明們的復仇，神明們認為「不准打開」這句話一定會刺激潘朵拉的好奇心，她日後一定會打開來看，神明們是打著這種壞心眼的如意算盤，宣告「不准打開」這個禁令。和這比起來，我們這隻善良的烏龜是秉持著誠摯的心意對浦島說出那句話，依據那時烏龜那種沒有任何雜念的說法，我想可以相信牠。那隻烏龜是正直的，那隻烏龜沒有責任，這我也可以掛保證。可是還有一個再怎麼樣也無法理解的問題，浦島打開龍宮的伴手禮後，會從裡面飄出白煙，他就立刻變成三百歲的老爺爺，所以不要打開就好啦，一打開就事態嚴重了，真可憐，故事就這麼結束了，這就是一般大家傳頌著的「浦島先生」故事，可是我對這一點抱著深深的疑問。如此一來，龍宮的伴手禮也就像是那個裝滿人世間各式各樣的災禍源頭的潘朵拉的盒子一樣，潛藏著乙姬公主的殘忍復仇或是懲罰意味的禮物嗎？像那樣總是什麼都不說，表面上只是微笑著對什麼事都無限允許，可是內心卻悄悄地隱藏著殘酷的壞心思，實際上一點也不允許浦島的任性，帶著懲罰意味才送了那個貝殼嗎？不，雖然稱不上是那麼極端的悲觀論，或是所謂高貴的人常是那些毫不在乎地做出一些殘酷嘲弄的人，因此乙姬公主是不是也是想做些天真的惡作劇，而開了這種惡質的玩笑？無論如何，那位應是如假包換的高雅人士的乙姬公主為何贈送這種無法收拾的伴手禮，真的是件讓人無法理解的事。潘朵拉的盒子裡藏的是疾病、恐懼、怨恨、哀愁、疑惑、嫉妒、憤怒、憎惡、詛咒、焦慮、後悔、自卑、貪婪、虛偽、懶惰、暴力等所有不吉祥的妖魔鬼怪，潘朵拉偷偷地打開那個箱子的瞬間，那些東西就如同成群的飛蟻同時飛出來，棲息在這個世上的各個角落且到處蔓延，可是，嚇呆的潘朵拉低頭望著那個空盒子時，不是在盒底看到一顆像是星星般閃耀的小寶石嗎？而且，據說那顆寶石竟然刻著「希望」這個詞，也因此潘朵拉蒼白的臉頰上才終於恢復了一點血色。據說在那之後，人類無論遭受什麼苦痛的妖魔襲擊，都藉由這個「希望」而得到勇氣，進而能夠忍受艱難。相較於此，這個龍宮的伴手禮，完全沒有任何魅力可言，只是一陣煙而已，然後立刻變成一個三百歲的老爺爺，即使貝殼底部留著「希望」的星星，浦島也已經三百歲了，即便給三百歲的老爺爺任何「希望」，也只像是惡作劇一樣，根本就不合理。那麼在此提供個意見，給個之前說過的那個「聖諦」如何？可是對方已三百歲了，事到如今，不給這種裝腔作勢的花俏頭銜也沒差吧，人類只要到了三百歲，對凡事都已經放棄了吧。結論就是不管做什麼都於事無補，已經無可救藥了。總之浦島就是拿到一個很糟的伴手禮，可是如果在此就死心，或許會被外國人說日本的童話故事比希臘神話還殘酷，那就太遺憾了。嗯，賭上那個令人懷念的龍宮的名譽，再怎麼樣也要給這個不可思議的伴手禮一個尊貴的意義，再怎麼說龍宮的幾天相當於陸地上的幾百年，也不需要把這樣的歲月當作麻煩的伴手禮讓浦島帶回去吧。如果單純是浦島從龍宮浮上海面後，瞬間就變成白髮蒼蒼的三百歲老人，那還可以理解，又或是因為乙姬公主的慈悲，讓浦島永遠都保持年輕人的樣貌的話，也沒必要特地讓浦島帶回那麼危險的「不准打開」的禮物，只要永遠把它擺在龍宮一角不就好了嗎？還是說你撒的尿糞自己帶回去比較好？是這樣的意思嗎？如果是這樣的話，那是多下等的「刁難」啊，實在很難想像那位彈奏聖諦的乙姬公主會策畫出那種像大雜院裡的夫妻吵架般的事件。再怎麼想也想不通。關於這點，我思考了好久，然後到如今這般地步，我終於好像稍微懂了一些。

也就是說，我們認為浦島的三百歲對他而言是件不幸的事，我們都被這個先入為主的觀念誤導了，繪本上也沒寫著浦島變成三百歲，然後「命運真的變得很悲慘，好可憐喔」。

瞬間變成　白髮蒼蒼的　老爺爺

到此就結束了。好可憐、笨蛋等都只不過是我們這些凡夫俗子的擅自解讀，對浦島而言，變成三百歲絕對「不是」件不幸的事。

貝殼底部有顆「希望」之星，且因這顆星獲得救贖這種事，稍微一想就覺得這有點少女情懷，也不是沒有造作的感覺，不過，浦島因冒出升起的白煙本身就獲得救贖了。貝殼底端不留任何訊息也沒關係，那不是什麼問題。也就是說，

歲月，是人類的救贖。

遺忘，是人類的救贖。

龍宮那種高貴的招待也因為這個特別的伴手禮，讓整件事到達最高潮。回憶，不就是相隔越遙遠越美麗嗎？而且即使招致三百年的歲月，也是浦島自己的選擇，事到如今，浦島還是得到乙姬公主無限的允許，如果不寂寞的話，浦島就不會打開貝殼看裡面的東西了吧。真的走投無路而想向這個貝殼尋求救助時，或許會打開，一打開，

馬上換來三百年的歲月和遺忘。到此就不再繼續探究了，日本的童話故事裡有著這樣深奧的慈悲。

據說浦島在那之後，過了十年幸福的老年生活。

1 茭白。
2 乃日本神話中的七福神之一，象徵口才、音樂與財富的女神。
3 尉與姥是松樹精，也是伊邪那岐和伊邪那美兩位神靈，作為婚姻的象徵。
4 量詞，計算長度的單位。為成人平伸兩臂，兩手間的距離。

【喀嚓喀嚓山】

喀嚓喀嚓山這個故事裡的小白兔是個少女，而被整到慘敗的那隻狸貓，是個愛慕小白兔少女的醜男，我認為這是個無庸置疑的儼然事實。據說這是發生在甲州富士五湖之一的河口湖畔的事件，相當於現在的船津的深山裡。甲州的人情世故比較粗野，或許是因為這個緣故吧，這個故事和其他的童話故事比起來，多少有些粗糙。首先，從故事開始就實在很殘酷，老婆婆肉湯真的很殘忍，完全無法以詼諧或開玩笑帶過，狸貓也做了個無聊的惡作劇，故事進行到屋簷下散佈著老婆婆的骨頭那個橋段，真的是悽慘至極，作為所謂的兒童讀物，雖然遺憾，不過被禁止出版也是不得已的吧。現在出版的喀嚓喀嚓山的繪本，已改成狸貓讓老婆婆受傷後逃走，很巧妙地避開不合適的部分。嗯，雖然這樣可以躲過被禁止出版，是件值得歡喜的事，可是小白兔針對如此程度的惡作劇就給狸貓那麼嚴重的懲罰，牠的舉動也太執拗了。小白兔採取的舉動並不是一拳打倒狸貓這種乾脆的報仇，而是把牠整個半死，不斷戲弄、折磨，最後讓牠搭上泥土做的船沉溺。這樣的手段自始至終都是詭計，這做法不符合日本武士道精神。可是如果狸貓做了把老婆婆煮成肉湯這種極惡的詐術的話，受到那樣執拗戲弄的報復也就無可厚非了，看來不會那麼不合理。可是考慮到對童心造成的影響，以及擔心被禁止出版，就改成狸貓只是讓老婆婆受傷後逃走了，然後承受小白兔給的種種恥辱和痛苦，最後不成體統地困窘溺死，稍嫌不合理。本來這隻狸貓也沒什麼原罪，牠只是在山裡面悠閒玩耍，結果被老公公抓起來，然後走到要被煮成狸貓肉湯的絕望命運，即使如此，牠再怎麼樣也想殺出一條血路，牠焦急苦思竭慮出的對策就是欺騙老婆婆，而獲得了九死一生。雖然計畫把老婆婆煮成肉湯是罪大惡極，可是如果像現在的繪本寫的，牠是在逃走時抓了老婆婆一下而害她受傷的話，這是狸貓當時的拼命掙脫，或許可說是為了正當防衛所做出的拼命掙扎，無意識中害老婆婆受傷了，這也不是什麼令人憎恨至極的罪。我家的五歲女兒外貌也像其父親一樣非常不好看，而頭腦也很不幸地像到父親，有些奇怪的想法，我在防空洞裡唸著這本喀嚓喀嚓山繪本時，

「狸貓好可憐喔。」

她不時冒出這句令人感到意外的話。本來這個小孩說的「好可憐」，只是她現在記得的一個單字，不管看到什麼，就不停說著「好可憐」，想藉此得到溺愛小孩的母親的稱讚這種企圖很明顯，也不需特別驚訝。又或者是因為這個小孩由父親帶著到附近的井之頭動物園時，眺望著一群被關在柵欄裡不停踱步繞圈的狸貓，就自認為牠們

是應該被愛護的動物。因此，在這個喀嚓喀嚓山故事裡，不論其原由如何，就比較偏袒狸貓也說不定。無論如何，我家這個小同情者的發言是靠不住的，她的思想根據很薄弱，同情的理由模糊不清，完全沒什麼探討的價值。可是我從女兒這種非常不負責任的隨口亂說的話當中，得到了一個啟示，這個小孩只是在什麼都不懂的情況下，把目前記得的單字胡亂講出來，可是父親根據她說的話，想到了一件事：原來如此，面對這樣大小的小孩，還可以對他說「小白兔的行為太殘忍過頭了」，隨謅個理由呼嚨過去；可是面對更大的小孩，且已經接受過教育，知道武士道或是光明正大等觀念的小孩，會認為這隻小白兔懲罰的「做法很骯髒」，這會是個問題。愚昧的父親皺著眉這麼想著。

如同現在的繪本寫的，狸貓只是單純抓傷老婆婆，就這樣被小白兔惡整，背部燒起來，然後燒傷的部分又被小白兔塗上辣椒，最終被引誘搭上泥土做的船死掉，這一連串的悲慘命運的情節，只要是有念小學的小孩，一定馬上就會抱持存疑吧，即使狸貓豈有此理地試圖煮出老婆婆肉湯，小白兔為什麼不光明正大地站出來給牠一刀斃命的懲罰呢，或許有人會解釋成小白兔很弱小無力，但在這個情況下，不能以此理由辯解，報仇一定要光明正大才行，神會站在正義的一方，即使敵不過，也要叫一聲「這是上天的懲罰！」正面對峙殺過去。如果說技術真的相差太遠的話，那時應該要臥薪嘗膽去鞍馬山等地專心修行劍術，以前的日本偉人大抵都是這麼做的。無論有什麼隱情，利用詭計，而且極盡嘲弄之能事再將之殺掉這種復仇故事，在日本還未見。這麼說來，這個喀嚓喀嚓山再怎麼看，這樣的復仇方式都是不可取的，根本就不像個男人，無論是小孩或是大人，只要是嚮往正義的人，不管是誰對此做法都會感到不齒吧。

請放心，我也考慮了這些事，於是了解了小白兔的做法不像個男人是理所當然的，因為這隻小白兔就不是個男人啊，這是無誤的。這隻小白兔是位十六歲的處女，雖然現在還未散發出任何女人味，不過是個美女。而人類裡最殘酷的往往就是這些女性，希臘神話裡出現很多美麗的女神，而當中除了維納斯之外，似乎大家都認為阿緹密絲這位處女神是最有魅力的女神。如同大家所知的，阿緹密絲是月亮女神，額頭上的新月閃著青白色光芒，而且個性剛毅果決，簡而言之就是女版阿波羅，然後人世間的可怕猛獸全都變成她的家臣，可是那姿態絕不是粗獷健壯的大隻女，反而是身材不高、瘦瘦的、手腳也很秀氣可愛，其容貌美麗得令人屏息，不過不像維納斯那般充滿「女人魅力」，她乳房也小小的。她對於自己看不順眼的人會滿不在乎地做出殘忍的事，她曾突然對一個偷看自己洗澡的男性潑水，把他變成一隻鹿。只是稍微看了一下她洗澡的樣子，她就氣成這樣，如果握了她的手，不知道會被教訓成什麼樣子。迷戀這樣的女性，男人一定會受到悽慘的奇恥大辱。但是男人、特別是愚蠢的男人，越容易迷戀上這種女性，而其結局大致都是被整得很慘。

如果你懷疑的話，就看看這隻可憐的狸貓吧，狸貓老早就對這種阿緹密絲型的兔少女寄予愛慕之情，只要把小白兔定義為是這種阿緹密絲型的少女的話，無論那隻狸貓是犯下煮老婆婆肉湯的罪或是抓傷老婆婆的罪，施予的懲罰莫名地執拗且「不像男人」也是理所當然的，這樣的設定大家也會嘆息地默許吧。而且那隻狸貓毫無例外地和迷戀阿緹密絲型少女的男人一樣，在狸貓夥伴裡也是最不起眼、只會蜷成一團愚蠢大吃的土包子，因此合理推測這樣的人會有那樣悲慘的結局。

狸貓被老公公抓起來，差一點就被煮成狸貓肉湯，不過他還想再見那位兔少女一面，於是奮力掙扎，終於逃回山裡，一路碎唸著徘徊尋找小白兔，終於找到了。

「替我高興吧！我撿回一條命了喔，我趁老公公不在家時，出手撂倒那個老婆婆，逃了回來，我真的是運氣很好的男人啊。」他滿臉得意口沫橫飛地敘述這次死裡逃生的經過。

小白兔往後跳走閃避口水，擺出一副不以為然的表情聽著，「沒什麼我可以高興的事吧，你好髒喔，口水亂噴。而且那對老公公和老婆婆是我的朋友，你不知道嗎？」

「這樣啊，」狸貓愕然，「我不知道，請原諒我。如果我知道的話，不管被煮成狸貓肉湯還是什麼，都隨他們便。」他垂頭喪氣地說。

「現在才說這些都已經太晚了，我有時會去他們家的庭院玩，然後，他們會給我吃豆子，那豆子軟軟的真好吃，這你不是知道嗎？明明知道還說謊說不知道，真過分，你是我的敵人。」小白兔說出殘酷的宣判。小白兔這時已經在心裡盤算著要對狸貓做出一些報復，處女的憤怒很強烈，特別是對這種醜惡駑鈍的人更是毫不留情。

「原諒我吧，我是真的不知道，我沒騙妳，相信我啦。」狸貓用非常糾纏不休的口氣懇求，擺出伸長脖子垂頭喪氣的模樣，他看到旁邊落下一顆樹果，忽然撿起來吃，又往四周張望看看還有沒有，「被妳罵成這樣，我真的很想一死了之。」

「你在說什麼啊，明明只想到吃而已。」小白兔輕蔑不已，高傲地把頭轉向旁邊，「你真的不僅好色，又貪吃得不得了。」

「妳饒恕我吧，我真的是肚子餓了啊。」他說著又在那附近徘徊尋找，「真的，我現在的難受，希望妳也能理解啊。」

「我就跟你說不准你靠近我了啊，你好臭，離我遠一點，去那裡啦。你吃了蜥蜴吧，我聽說了喔，還有，啊，好好笑，聽說你也吃了大便吧。」

「怎麼可能，」狸貓無力地苦笑，但卻不知怎地一副無法堅決否定的樣子，又更無力地撇著嘴說：「怎麼可能。」

「你裝高尚也沒用，因為你那味道不只是臭。」小白兔說著毫不掩飾地更嚴厲批評，然後好像突然想到什麼新奇的事，眼睛瞬間一亮，一臉忍俊不禁直直望向狸貓，「那麼，這回就先原諒你一次。喂，不是跟你說了不要靠近我嗎，真的不能對你大意，你要不要擦一下口水？整個下巴都是口水。你冷靜，好好聽著，這回特別原諒你一次，但這是有條件的，那位老公現在一定非常沮喪，可能也沒力氣去山裡砍柴，那我們代替他去砍柴吧。」

「一起去？妳也一起去嗎？」狸貓混濁的小眼睛燃起喜悅之情。

「你不想嗎？」

「怎麼會不想呢，今天、現在馬上走吧。」因為太高興了，聲音有點破音。

「明天吧，好吧，明天一早去。今天你也累了吧，而且肚子也餓了吧。」小白兔很溫柔地說。

「那真是太感謝了！我明天會做很豐盛的便當帶去，一心一意工作，砍個十捆柴，然後搬到老公公的家，這樣妳應該就會原諒我了吧，就能跟我當好朋友吧。」

「你很囉唆耶，要看你到時候的表現怎麼樣，說不定能跟你當好朋友。」

「嘿嘿，」狸貓突然猥褻地笑了起來，「那張嘴還真會說話呀，我會給妳添麻煩啊，可惡，我實在……」正當他要說時，迅速大口吃下爬過來的大蜘蛛，「我實在太開心了，都快流下男兒淚了。」他說著就抽吸著鼻子假哭了起來。

夏天的早晨清爽無比，河口湖的湖面覆蓋著朝霧，白色煙霧繚繞在眼前，山頂上狸貓和小白兔全身沐浴著朝露，奮力砍著柴。

看著狸貓的工作狀況，別說是一心一意了，幾乎是接近半狂亂的下流模樣，他邊誇張地唸著嘿咻嘿咻，邊胡亂揮著砍柴刀，不時會故意大聲發出「啊痛痛痛」的悲鳴，他只是想讓小白兔看到自己這般費盡心血的模樣，瘋狂任意一陣亂砍，他那麼瘋狂表現一陣子後，終於露出撐不下去了的疲態，把砍柴刀丟在一旁，「妳看一下這個，手已經長出這些繭了，啊，手一陣一陣刺痛，口好渴，肚子也餓了，總之因為我剛才好認真工作，稍微休息一下好了，來打開便當，嗚嘿嘿嘿。」他一副掩飾著難為情般莫名笑了出來，打開了一個很大的便當盒，用力地把那石油罐大小的便當盒湊近鼻子，發出喳喳、卡滋卡滋、呼嚕呼嚕這些吵雜的聲音吃著便當，這才真的是一心一意。小白兔一臉驚呆了的表情，放下砍柴的手，稍微看了一下便當裡的菜，「啊！」小聲叫了起來，雙手蓋住臉，雖然不知道是什麼，那個便當盒裡裝滿很多不可思議的東西。可是今天的小白兔似乎是有不可告人的念頭，沒有像往常一樣對狸貓說出侮辱的言語，從剛才開始就很靜默，只是技巧性地把微笑掛在嘴邊，俐落地砍著柴，面對得意忘形的狸貓的種種狂態，她也裝作沒看到地略過，她看了狸貓的大便當裡的東西，雖然驚訝，不過也還是什麼都沒說，縮起肩膀又繼續砍柴。狸貓今天受到小白兔寬容的對待，只單純覺得很高興，到頭來那傢伙也迷上我積極砍柴的姿態了吧？對於我這男性魅力，沒有女人會不為之傾倒的。啊，吃飽了，想睏了，來小睡一下，他就這麼完全放鬆心情放肆地行動，「呼呼」打起鼾來睡著了，邊睡還不知道做了什麼愚蠢的夢，說了「春藥啊、那個不行啊、沒效啊」等不知所云的夢話，等他張開眼睛，已經快中午了。

「你睡了好久啊，」小白兔還是很溫柔，「我也已經砍好一捆柴了，現在就揹著這些去老公公的庭院等他吧。」

「啊，就這麼做吧。」狸貓伸了個大懶腰，噌噌地抓了抓手臂，「剛才肚子超餓的，肚子一餓，就完全睡不著，因為我是很敏感的呀。」他煞有其事地說著，「啊，那我也速速把砍的柴捆起來，下山去吧。便當也吃完了，得趕快把這個工作結束，然後馬上去找食物。」

兩個人各自揹著自己砍的柴踏上歸途。

「你去走在前面啦，這周邊有蛇，我很害怕呢。」

「蛇？蛇有什麼好怕的，看到我就馬上把他抓起來，」本來還想說「把他吃掉的，又憋了回去，「我把他抓起來殺掉，來吧，跟在我後面走吧。」

「果然，男人在這個時候很靠得住呢。」

「妳別捧我了，」他洋洋得意，「今天妳異常溫馴呢，甚至令人毛骨悚然，妳該不會打算把我帶到老公公那裡去，然後煮成狸貓肉湯吧？啊哈哈哈，只有那件事我不做。」

「哎呀，既然你這麼懷疑，那就算了，我自己一個人去。」

「不，不是那樣，我一起去。可是在這世上，蛇啊什麼東西的我都不怕，就唯獨那個老公公，不知怎地我就是很怕他，因為他說要煮狸貓肉湯什麼的，好討厭喔，那根本就很卑鄙啊，至少我覺得那不是什麼好品味。我會把柴揹到老公公家庭院前的那株朴樹邊的，然後妳幫我搬進去啦，我打算在那裡就離開，不知怎地我看到那個老公公的臉，就升起一股無可言喻的不快感。欸？怎麼會這樣？有奇怪的聲音，是什麼呢？妳沒聽到嗎？是什麼呢？有喀嚓、喀嚓的聲音。」

「這是當然的啊，因為這裡是喀嚓喀嚓山啊。」

「喀嚓喀嚓山？這裡？」

「喂，你不知道嗎？」

「嗯，我不知道，我今天前都不知道這座山是這個名字，可是，好奇怪的名字啊，妳隨便說的吧？」

「哎呀，因為，不是所有的山都有名字嗎？像那座是富士山，那座是長尾山，那座是大室山啊，每座都有名字，所以這座山就叫做喀嚓喀嚓山。對吧，你聽，有喀嚓、喀嚓的聲音。」

「嗯，我有聽到。可是，好奇怪喔，之前我從來沒在這座山聽過這種聲音啊，我在這座山出生至今已經三十幾年了，可是，沒聽過這種……」

「啊！你已經這麼老了喔？你明明之前才跟我說你十七歲，好過分，明明整張臉都皺了，背也駝了，還說是十七歲，我就覺得很奇怪，儘管如此，我也沒想到你竟然謊報了二十歲，這麼說起來你已經快四十了欸，啊，好老喔。」

「不，是十七歲，十七、十七啦，我之所以彎著腰走路，絕不是因為老了，是因為肚子餓了，自然變成這個姿勢而已。我說三十幾年，那是我哥哥啦，我哥哥總是這麼說，像口頭禪一樣，我也不自覺脫口而出了，也就是說被傳染了，就是這樣，妳這傢伙懂不懂！」因為太狼狽了，他用了「這傢伙」這個字眼。

「這樣啊，」小白兔很冷靜，「可是，這是我第一次聽說你有哥哥，你有一天跟我說『我好寂寞喔，好孤獨喔，我沒有兄弟姊妹，這般孤獨寂寞，妳不懂嗎？』那又是怎麼一回事？」

「對啊對啊，」狸貓已經不知所云，「真是的，在這世上，這真的是件很複雜的事啊，並不能一概而論啊，有沒有哥哥這件事。」

「這樣不是完全沒有意義嗎。」連小白兔都傻眼了，「真是胡言亂語。」

「嗯，老實說啊，我有一個哥哥，說起來也很心痛，他只是一個好吃懶做的人，我覺得很丟臉，很可恥，這三十幾年來，啊，我是說我哥哥喔，我哥哥活了三十幾年，真的帶給我很多困擾。」

「那也很奇怪啊，十七歲的人怎麼會困擾了三十幾年呢？」

狸貓索性裝作沒聽到，「這世上有很多事無法一概而論啦，現在我已經認為沒有哥哥的存在，跟他斷絕關係了。欸？好奇怪喔，有焦臭味，妳沒聞到嗎？」

「沒有。」

「這樣啊，」因為狸貓總是吃著很臭的食物，也懷疑起自己的嗅覺，疑惑地歪著頭，「是我的錯覺嗎？哎呀哎呀，好像聽到什麼東西燒起來的聲音，啪嚓啪嚓、轟隆轟隆的。」

「那是當然的啊，因為這裡是啪嚓啪嚓之轟隆轟隆山啊。」

「妳騙我，明明剛剛才說這裡是喀嚓喀嚓山的。」

「是啊，同一座山裡，不同地方，名字也不一樣喔，富士山的中段也有叫做小富士的山，而且大室山和長尾山都是和富士山連起來的山啊，你不知道嗎？」

「嗯，我不知道，是這樣的嗎，這裡是啪嚓啪嚓之轟隆轟隆山，我這三十幾年，啊不，根據我哥哥的年紀算，這裡只是深山處，哎呀，覺得全身暖了起來。是不是發生地震了啊，怎麼覺得今天是個很不順遂的一天。哎呀，好熱，啊！好燙燙，好痛，燙燙燙，救我，柴燒起來了，好燙燙燙。」

隔天，狸貓窩在自己的洞穴裡呻吟著。

「啊，好難受，我或許也差不多要死掉了啊。仔細想想，沒有像我這麼不幸的男人，只因為長得好看了點，女生都反而不敢靠近我。一般而言看起來比較高雅的男士似乎較吃虧，大家可能以為我不喜歡女生，什麼嘛，我也不是什麼聖人啊，我喜歡女生啊，可是女生似乎以為我是個高傲的理想主義者，都不來誘惑我。既然這樣，我想大聲到處狂叫『我喜歡女生』！啊，好痛好痛，怎麼看這個燒傷都很難好，刺刺痛痛的。我好不容易才從狸貓肉湯逃出來，這次卻踏進那座莫名其妙的轟隆轟隆山，真是倒楣透了啊。那座山真是座無聊的山，因為薪柴會轟隆轟隆燒起來，好過分，三十幾年，」他說到一半停了下來，環視了四周，「我在隱瞞什麼啊，我今年已經三十七了，嘿嘿，知道嗎，再三年我就四十了，這是很明顯的事，可說是理所當然的，一看就知道了不是嗎？啊痛痛，即使這樣，我出生後的這三十七年間，都在那座深山玩到大，那麼慘的事情一次都沒有遇過，什麼喀嚓喀嚓山、轟隆轟隆山的，一聽名字就很詭異，好奇怪，好不可思議啊。」他敲敲自己的頭，苦思竭慮。

此時，門口傳來商人叫賣的聲音。

「要不要買仙金膏，有沒有人有燒傷、割傷、膚色黯沉的煩惱？」

比起燒傷割傷，狸貓更在意膚色黯沉。

「喂，賣仙金膏的。」

「嘿，哪戶人家呀？」

「這裡，洞穴深處啦。那對膚色黯沉也有效嗎？」

「有啊，一日見效。」

「喔喔，」狸貓很興奮，從洞穴深處蹭爬出來，「呀！妳，小白兔啊。」

「嗯，我是兔子沒錯，可是我是個賣藥郎。欸，我已經在這裡叫賣了三十幾年了。」

「嗯？」狸貓歪著頭嘆了口氣，「可是，也有兔子長得那麼像的啊。是喔，妳賣了三十幾年了喔。算了，不要聊年紀的話題了，特無趣的，很煩人不是嗎，嗯，大概就是這樣子。」他語無倫次地蒙混過去，「話說回來，可以給我一些那種藥嗎？老實說我現在正為某件事煩惱。」

「啊呀，您燒傷好嚴重啊，這樣不行啊，不處理的話會死掉喔。」

「不，我還想乾脆死了算了，這樣的燒傷根本不算什麼，但我比較在意的是我現在這個容貌……」

「您怎麼這麼說呀，您現在正處於生死關頭呀。我看，背部最嚴重呢，到底怎麼搞成這樣的啊？」

「這個嘛，」狸貓歪著嘴，「因為我踏進一座叫做什麼啪嚓啪嚓之轟隆轟隆山的奇怪名字的山，吼，遇到意外的災難，真是嚇死我了。」

兔子不自覺地竊笑了起來，狸貓雖然不知道兔子在笑什麼，不過就姑且跟著啊哈哈地笑了，「真是的，實在是愚蠢得不得了，我也先給妳個忠告，絕對不要去那座山，首先會先到一座叫做喀嚓喀嚓山的山，然後不久會到啪嚓啪嚓之轟隆轟隆山，那裡真的不行，會遇到慘事。嗯，到喀嚓喀嚓山是還勉強可撐得過，可是冒冒失失地踏進轟隆轟隆山的話就完蛋了，就會變成像我這樣。啊痛痛痛，聽到了嗎，我警告過妳了喔，因為妳看起來還很年輕，不要不聽像我這樣的老人言，不，不是那麼老，反正不要不聽，妳一定要尊重我這個朋友講的話喔，再怎麼說也是個過來人的經驗談，啊痛痛痛痛。」

「謝謝您，我會注意的，話說回來，您要買藥嗎？當作您給我忠告的回禮，我不跟您收藥費。總之，我來幫您塗背部的燒傷部位吧，剛巧我來到這裡，算您很幸運，不然您說不定已經沒命了呢，這也是神的指引，算是種緣份吧。」

「說不定是緣份，」狸貓低聲呻吟般說著，「如果是免費的話，就請幫我塗吧，我最近也很窮，看來只要想追女生就會花錢，這樣不行。那個藥膏可以順便滴一滴在我的手掌嗎？」

「您想要做什麼？」兔子臉色稍顯不安。

「不，哈，沒什麼，只是想稍微看一下是什麼顏色而已。」

「顏色和別的膏藥比起來沒什麼不一樣，是這樣的。」於是塗了一點點在狸貓伸出來的手掌上。

狸貓馬上想把藥膏塗在臉上，兔子驚了一下，很怕這樣會暴露膏藥的真面目，於是撥掉狸貓的手，「啊，不行這樣，這種藥塗在臉上的話，藥性太強，萬萬不可。」

「不，放開我，」狸貓現在已經自暴自棄了，「妳行行好放開我吧，妳才不了解我的心情呢，我因為生來膚色就是這麼黑，活著的這三十幾年，妳不知道我過得多麼乏味。放開，放手，就讓我塗吧。」

終於狸貓舉起腳把兔子踢飛，用迅雷不及掩耳的速度把藥塗上了。

「至少我認為我的長相，五官絕對長得不差，只是因為膚色太黑而讓人卻步，已經沒問題了。嗚哇！這好強烈，覺得刺刺痛痛的，藥效好強，可是我覺得如果不是這麼強的藥，無法改善我的黑膚色。哇！好強烈，不過我會忍耐的。混帳，下次那傢伙見到我時，一定會看我的臉看到入迷，嘻嘻，如果那傢伙因我害了相思病，不關我的事喔，因為那不是我該負責的呢。啊，好刺痛，這種藥確實很有效，來吧，既然如此，來幫我塗吧，背部或哪裡都好，整個身體都幫我塗吧，我死了也沒關係，只要皮膚能變白，死了也沒關係，來吧，幫我塗吧，不用客氣，使勁地幫我塗上厚厚一層吧。」

他一副壯烈犧牲的樣貌。

可是，美麗又高傲的處女的殘忍是無極限的，幾乎像惡魔一樣，她毫不在乎地站起來，在狸貓燒傷處厚厚塗上加了辣椒的膏藥，狸貓馬上滿地打滾。

「啊！沒什麼，這個藥確實有效。哇啊啊！好強烈，給我水，這裡是哪裡，是地獄嗎？放過我吧，我不覺得我該下地獄啊，我因為不想被煮成狸貓肉湯，才把老婆婆抓傷的，我沒任何罪過啊。我生來三十幾年間，只因為膚色太黑，沒受女性歡迎過。還有，我啊，食慾很好，啊啊，因為這樣，我吃了多少悶虧，這大家都不知道。我很孤獨，我是個好人，我認為我五官長得不差啊。」他脫口說出一連串痛苦哀怨的胡言亂語，不久就無力昏倒了。

但是，狸貓的不幸還沒結束，連我這個作者都邊寫邊嘆氣，我想或許在日本歷史上，下半輩子過得如此悲慘的人可說是史無前例。才剛慶幸從被煮成狸貓肉湯的命運逃出來，沒多久又在轟隆轟隆山莫名被火燒傷，死裡逃生後，好不容易逃回自己的洞穴裡，歪著嘴呻吟時，這回燒傷部位又被塗上厚厚的辣椒，實在太痛苦而昏倒了，那麼，之後他終於要搭上泥船沉入河口湖底了。真的是一件好事都沒有，這一定也是某種女禍，可是即使如此，也太庸俗的女禍了，要說有沒有任何帥氣之處，一點都沒有。他在洞穴深處三天都氣若游絲，不知到底是還活著還是已經死了，真的是遊走在生死之際，到了第四天，被強烈的飢餓感襲擊，拄著拐杖從洞穴搖搖晃晃蹣跚走出來，嘟嘟囊囊著什麼邊到處走走搜尋食物，那姿態之可憐真的是無與倫比啊。可是，因為他體質很強健，因此不到十天就完全好了，食慾也恢復往常的旺盛，色慾也冒出一點，明明不去招惹小白兔就沒事了，但他卻又恬不知恥地晃到小白兔的窩。

「我來找妳玩了喔，嘻嘻。」他害羞地猥褻笑著。

「哎呀！」小白兔說著，明顯擺出臭臉，一副「怎麼會是你」的表情，不，比那還糟，「為什麼你又來了，你也太厚臉皮了吧」的心情，不，更嚴重，「啊，我受不了了！衰神來了！」的心情，不，比這個更嚴重，「好髒！好臭！你去死吧！」這種極度厭惡的心情在小白兔臉上表露無遺。可是所謂的不速之客，就是完全沒感受到去拜訪的那間主人的這種厭惡感。這真的是很不可思議的心理，各位讀者也要注意喔，比如心裡想著「要去△△家很麻煩，真不想去」，而心不甘情不願地前往時，出乎意料地那戶人家由衷歡迎客人來訪。相反的，如果有人覺得「啊，○○人家實在是個很舒適的家，真的像待在自家一樣，不，比待在自家更舒適，是我唯一的休憩處，我非常期待去他家」，帶著這樣的心情去拜訪時，大致都會被認為造成自家困擾，被認為很髒，被敬而遠之，那戶人家會在紙拉門的門後立著掃把，希望客人趕快回家。期待把別人的家裡當作自己的休憩處，或許正是愚蠢的證明，總之在拜訪別人這件事上，事實或許和自己本身想的有天壤之別。只要沒什麼特別的事，即使多親近的親戚，也不要隨便去拜訪比較好吧。如果有人懷疑作者的這番忠告，就看看這隻狸貓吧，狸貓現在很明顯犯下這個可怕的錯誤。小白兔說「哎呀！」然後擺出臭臉，狸貓也全然不覺。狸貓認為那聲「哎呀！」是小白兔對於狸貓的突然造訪感到驚奇且喜悅，不自覺地發出的少女的天真爛漫的聲音，他為此喜不自禁，而且他自己把小白兔皺眉的表情解讀為她是為自己前幾天在轟隆轟隆山遇到的災難表示心痛。

「啊，謝謝妳。」明明對方什麼慰問的話都沒說，他就自顧自地道起謝來，「妳不用擔心喔，我已經復原了，因為我有神明保護，運氣很好，那座什麼轟隆轟隆山對我而言簡直是河童的屁，不算什麼。河童肉好像很好吃，我在想哪天要來吃河童肉。這不是重點，可是話說回來，那時我真的很驚訝，因為火勢真的很大呢，而妳怎麼樣呢？看起來完全沒受傷的樣子，妳是怎麼從那場大火中毫髮無傷地逃出來的呢？」

「也不是都沒受傷喔，」小白兔擺起架子鬧彆扭，「你啊，很過分啊，把我一個人留在那麼危險的火災區，只顧你自己逃走了，我被煙嗆到了，差點就死掉了喔。我恨你，果然你似乎在那時露出本性了，經過那次，我已經完全看透你的本性了。」

「抱歉，原諒我，老實說我也是重度燒傷，或許我完全沒有神明罩，才會一直遇到悲慘事件。我絕不是完全忘記看妳怎麼樣了，而是那時背上迅速熱了起來，沒時間去救妳啊，妳不能諒解我嗎？我絕不是不誠實的男人，燒傷真的不能小看啊。還有，那個叫做什麼仙金膏還是疝氣膏的東西，真的不行，應該說那是種很糟糕的藥，對膚色黯沉還是燒傷都完全沒效。」

「膚色黯沉？」

「不，什麼啊？那是種黏稠的黑色藥膏，那真的是很強烈的藥啊，因為有個和妳長得很像的小小隻的奇妙賣藥郎說不跟我收費，我也就認為凡事試試看，請她幫我塗了，可是那也只是很平凡的藥。妳也要小心喔，不要上當了，我塗了後只感覺到幾乎是頭頂冒煙，最終昏倒了。」

「哼，」小白兔一臉輕蔑，「你是自作自受吧，因為你太貪婪才會遭到懲罰，只不過是個藥而已，免費試試看這種沒品的話你居然毫不羞恥地說得出口。」

「妳的話好傷人，」狸貓低語，可是，他也沒特別覺得怎麼樣，只是一副正在享受待在喜歡的人身邊的幸福感而已，整個身體趴在地上，用那雙像死魚般的混濁眼睛環顧四周，邊撿拾小蟲吃邊說：「可是，我是個運氣很好的男人喔，不管遇到什麼災難都不會死，或許有神明罩我呢。妳沒受傷真是太好了，我的燒傷也順利治好了，又可像這樣兩個人悠閒地聊天了，啊，好像在做夢。」

小白兔從剛才開始就一直希望他能趕快回家，真的對他厭惡至極，覺得快窒息了，實在很希望施計讓他從自家附近消失，遂又想出一個惡魔般的詭計。

「喂，你知道在河口湖裡有很多好吃的鯽魚游來游去嗎？」

「我不知道，真的嗎？」狸貓眼睛瞬間一亮，「我三歲時，母親曾去捕了一條鯽魚回來給我吃，那真的好吃極了。我也不是手不巧，絕對不是那樣，可是就是沒辦法捕到鯽魚這些水中生物，所以我只知道他們很好吃，這三十幾年，不，啊哈哈，不自覺又學起我哥的口氣，我哥也很喜歡鯽魚呢。」

「這樣啊，」小白兔心不在焉地隨口應應，「我是沒那麼想吃鯽魚啦，不過既然你那麼喜歡，現在陪你去捕撈也可以喔。」

「真的嗎，」狸貓一臉雀躍，「可是，那些叫做鯽魚的魚兒們身手很敏捷吧，我曾經為了抓他們而差點溺死，」他不自覺洩漏了自己過去的糗事，「妳有什麼好方法嗎？」

「撒網捕撈就很容易了，這個時節，在那個岸邊有一大群鯽魚聚集在那裡喔。好不好，走啦走啦。喂，船呢？你會划嗎？」

「嗯，」狸貓幽幽嘆了口氣，「也不是說不會划啦，只要我想划，那不是什麼難事。」吹了一個不很高明的牛。

「你會划呀？」小白兔明明知道那是吹牛的，卻假裝相信，「那麼，我剛好有一艘小船，可是因為太小了，坐不下兩個人，而且那是用薄薄的碎木板隨便做成的，水會滲進來，很危險的。不過，我自己是沒什麼關係啦，倒是如果你有個三長兩短可不行，我們現在就兩個人合力做你的船吧，碎木板船很不牢靠，我們來捏泥土做出更堅固的船吧。」

「不好意思呀，我感動得要哭了，讓我哭吧，我怎麼這麼愛哭呢？」狸貓邊說邊假哭，「不然妳順便幫我做一艘堅固的船好不好呀？拜託妳了。」他照例提出個偷懶的請求，「我會報答妳的，在妳為我做堅固船隻的這段期間內，我會準備便當的，我一定會是個厲害的備飯高手。」

「是啊，」小白兔又認真點點頭，假裝相信這隻狸貓任性的意見，於是狸貓認為這個世上真的是很好混而暗自高興，這千鈞一髮之際決定了狸貓的悲慘命運。無條件地相信自己荒唐行為的人內心通常都隱藏著某些壞點子，這種事愚蠢的狸貓並不知道，他還賊笑著認為一切都很順利。

兩人一起往湖畔出發，白色河口湖上風平浪靜，小白兔馬上捏起泥土，開始製作起所謂堅固的好船，而狸貓邊說「不好意思、不好意思呀」邊到處奔跑，為自己的便當菜色絞盡腦汁。晚風微微吹起，湖面漾起許多小波紋時，黏土做的小船泛著閃亮亮的鋼鐵色下水了。

「嗯，做得不差。」狸貓很興奮，先把之前那個石油罐大小的便當盒放上船，「不過話說回來，妳還真是個手巧的小姑娘呢，一轉眼間就做出一艘這麼漂亮的船，簡直是神乎其技啊。」他說著惹人噁心的場面話，心想著如果把這麼靈巧勤奮工作的人娶回家，或許之後就都靠她養，自己可以遊山玩水優渥過生活。他現在不僅動情，還油然升起貪婪的慾望，越來越覺得要巴著這個女人過一生。他就這麼堅定他的信念，邊奮力搭上泥船，「妳一定也很會划船吧，我啊，也不是不知道怎麼划，怎麼可能不會划，不過今天先讓我見識一下我老婆的本領吧。」他用字遣詞越來越無恥，「我以前在划船方面也被稱為名人或達人，不過我今天先在一旁見識一下。沒關係，把我的船頭掛在妳的船尾吧，這樣兩艘船就親密地黏在一起，如果死了也一起，妳不要丟下我。」他惹人厭地說了些渾話後，就把腿一伸躺在泥船底。

小白兔聽到他說要把船掛在船尾時，心頭一驚，該不會這個笨蛋發現了什麼吧？瞧了瞧狸貓的神色，沒什麼異樣，只見狸貓色瞇瞇地笑著，已經進入夢鄉了，還邊說著愚蠢的夢話：「釣到鯽魚後再叫我，他們真的很美味，我已經三十七歲了。」小白兔哼哼笑著把狸貓的泥船掛到自己的船上，然後，用船槳啪啦啪啦拍打著水面，兩艘船就順順地離開了海岸。

鸕鷀島的松林籠罩在夕陽裡，一片火紅。在此，讓作者稍微炫耀一下自己的博學，據說「敷島」這個品牌的香菸盒上的那幅畫，就是將這座島的松林寫生後做成的畫。這個資訊來源很確實，讀者姑且相信也沒損失。現在根本已經沒有「敷島」這款香菸了，對年輕的讀者而言，這是個引不起興趣的話題，我真的是賣弄了無聊的知識啊。總而言之，動不動就假裝內行，通常會以這種愚蠢的結果告終。嗯，只有出生三十幾年以上的讀者才會一起模糊地想起「啊，那棵松樹啊，以前曾和某個藝妓一起去玩啊」的記憶，而露出稍顯無聊的神色，最多也只是這樣而已。

話說小白兔陶醉地遠眺著鸕鷀島的黃昏，「喔喔，好美的景色。」她低聲讚嘆。

這實在太奇怪了，無論是多罪大惡極的人，在自己接下來要進行殘酷犯罪的前一刻，應該沒心情出神欣賞山水美景吧，可是，這個十六歲的美麗少女，卻瞇起眼欣賞著島上的黃昏景色。天真無邪與惡魔真的是一線之隔。面對那些不知人間疾苦的任性少女擺出的令人作嘔的做作姿態，還認為「啊，青春真純潔啊」而垂涎三尺的男性們，自身要小心才好，那些人所謂的「青春的純潔」通常就像這隻小白兔的例子一樣，在其心裡，殺機和陶醉並存著也毫不在意，任憑肉慾感官雜亂無章地亂舞，是極為危險的，就像啤酒的泡沫，肌膚感覺超越倫理的狀態，就稱作低能或惡魔。曾有一時全世界流行的美國電影裡出現許多這種所謂的「純真」男女，就是像彈簧般盡情享受肌膚接觸。我也不是要牽強附會，不過所謂「青春的純真」的始祖，或許就是起源於美國那些地方吧。就像是滑雪滑得飄飄然般的樣子，然後在私底下卻無所謂地進行各種愚劣的犯罪，這若不是低能就是惡魔，不，所謂的惡魔或許本來就是低能。被比擬成身材嬌小纖瘦、手腳秀氣的月亮女神阿緹密絲的十六歲少女小白兔，在此一下子變成讓人興味索然的無聊角色，很低能嗎？那也沒辦法。

「啊！」腳下傳來奇妙的聲音，是我們心愛的且極為純真的三十七歲男性狸貓君發出的悲鳴，「是水，是水，這樣不行。」

「你好吵喔，因為是泥船啊，總是會沉的，你不知道嗎？」

「我不知道，我無法理解，不合理啊，這真的是太沒道理了，妳該不會要把我……不，怎麼可能，妳怎麼會做出魔鬼般的事，不，我完全不懂，妳不是我老婆嗎？啊，快沉了，至少船快沉了是擺在眼前的事實，就算是開玩笑也太過火了，這真的是暴力行為。啊，要沉了，喂，妳要怎麼賠償我，便當我不是白做了嗎？這個便當裡放了鋪上鼬鼠糞的蚯蚓通心麵，好可惜。咕嚕！啊，還是喝到水了。喂，求求妳，不要開這麼惡毒的玩笑，喂喂，不能切掉那條繩索，要死也是一起死，夫婦關係是會延續到來世的，是切也切不斷的緣份。啊，不行，妳切掉了，救我！我不會游泳啊。我招認，我以前會游一下子，可是狸貓到了三十七歲，所有的肌肉都僵硬了，已經無法游泳了。我招認，我已經三十七歲了，實際上和妳相差很多歲。要珍惜長輩！不要忘記敬老尊賢！咕嚕！啊，妳是個好孩子，好不好，妳是個好孩子，妳拿的那根船槳給我吧，我會抓住那根的。啊，好痛痛痛，妳在做什麼？這樣很痛啊，妳怎麼用船槳打我的頭，好，這樣啊，我知道了！妳想要殺掉我，我知道了。」狸貓臨死前才看穿小白兔的詭計，已經太晚了。

碰、碰，船槳毫不留情地落在頭上，狸貓載浮載沉在閃耀著夕陽光輝的湖面上，「啊痛痛，好痛痛，妳好過分，我對妳做了什麼壞事嗎？我愛上妳有錯嗎？」狸貓說著，就咕咚一聲沉入湖底，再也沒浮上來。

小白兔擦擦臉，說：「啊，流了好多汗。」

話說回來，這也可當作個好色的借鏡吧，可說是個好心告訴大家不要接近十六歲的美麗少女的滑稽故事吧，又或是能拿來當作教導禮節的教科書吧，告訴大家即使喜歡對方，但若太頻繁接觸，會讓人極度厭惡，甚至惹來殺身之禍，所以行為要有分寸。

又或把這當成是個笑話，暗示比起道德的善惡，人們還是隨自己情感上的好惡行事，在日常生活上互相責罵、互相懲罰、互相稱讚、互相服從。

不不，即使不急於做出這些評論家式的結論，只要留意狸貓死前瞬間冒出的那句話就可以了，不是嗎？

就是那句「我愛上妳有錯嗎？」。

自古以來，世界文學中的悲傷文藝主題都圍繞著這一句話，這麼說一點都不為過，所有女性的內心裡都住著一隻這種毫無慈悲心的小白兔，而男性總是像那隻善良的狸貓般為之沉迷。端看作者這三十幾年來紀錄極為不佳的經歷，也很清楚明白吧。恐怕於您而言也是。就不再多說明了。

我認為這本《御伽草紙》，當作一個慰勞的小玩具給那些為了突破日本國難而英勇奮戰的人們在片刻閒暇裡閱讀，是再適合不過的了。最近我拖著不時稍微發燒的不健康身體，出門做一些奉命完成的公事，或是在自家進行災後復原，邊盡可能利用閒暇時間，一點一點寫了下來。肉瘤公公、浦島先生、喀嚓喀嚓山，我想接下來寫桃太郎和剪舌麻雀後，這本《御伽草紙》就算完成了，可是，桃太郎的故事已經被簡化到極致，成為了日本男子的象徵，比起故事，詩歌更能展現其韻味。當然我一剛開始也想把那個桃太郎重新塑造成我自己的故事，也就是說我打算賦予那個鬼島上的每個鬼某種令人憎恨的性格，打算將牠們塑造成再怎麼樣也要征討的醜惡至極的無賴人類，如此一來，桃太郎征討那些鬼就可以引起所有讀者的廣大共鳴，而且保證這個戰鬥會讓讀者身歷其境，感受出其千鈞一髮的刺激（講述自己還沒寫的作品計畫時，作者大概都會像這樣天真地吹牛，不過凡事沒這麼順利的）。嗯，總之，你們聽我說吧，反正我現在正在興頭上，不要潑我冷水就聽吧。於希臘神話裡，最邪惡醜陋的魔鬼果然還是那個滿頭蛇髮的美杜莎吧，她眉間深深刻著狐疑的皺紋，小小的灰色眼睛燃著卑鄙的殺意，蒼白的臉頰顫動著威嚇的怒氣，黑色素沉澱的薄嘴唇像是掛著厭惡和輕蔑般歪斜著，還有那頭長髮每根每根都是紅肚子毒蛇，面對敵人時，這些為數眾多的毒蛇會迅速一致揚起鐮刀樣的脖子，發出咻咻令人不舒服的聲音抵抗。任誰看了一眼美杜莎的這般姿態，都會覺得一陣噁心，然後心臟凍結，整個身體冰冷石化。與其說覺得害怕，不如說是覺得噁心，她對人造成的傷害，比起肉體傷害，心理傷害還更大。這樣的魔鬼理應是最令人厭惡的，且必須迅速撲滅的，和這比起來，日本的鬼怪都很單純，而且都還滿討人喜歡的，古廟裡出現的巨大長頸禿頭妖怪或是單腳雨傘妖怪等，大部分都是為了那些酒中豪傑，讓他們看一些天真的舞蹈，以聊慰豪傑們夜晚的寂寥。此外，繪本的鬼島上的鬼怪們也都是些體型很大，鼻子被猴子抓了一下，「啊！」一聲就被逆轉而投降了，一點都不可怕，甚至還讓人覺得牠們的個性很善良。既然這樣，好不容易擊退鬼怪，也變得很沒勁吧，這裡勢必要讓超越美杜莎的頭、讓人覺得更噁心的魔鬼登場，不這樣的話，無法讓讀者感到害怕。此外，若征服者的桃太郎太強，讀者反而會同情起鬼怪，就無法激起故事裡千鈞一髮的醍醐味。像齊格飛[1]這種不死之身的超神勇的人，肩膀上也有一個弱點，連弁慶[2]這麼勇敢的人也有其弱點，總之，完美的絕對強者似乎不適合拿來當作童話故事講。再加上不知是不是我自己很軟弱，總覺得自己有那麼點了解弱者的心理，而對於強者的心理，卻不怎麼能夠理解。況且我到現在都沒遇過絕對不會輸給任何人的完美強者，而且連傳聞都沒聽說過。我是那種只要自己沒有實際體驗過的事物，就連一字一行都寫不出來的極其沒有想像力的童話故事作家，因此，在寫桃太郎故事時，也絕對不可能讓那種沒見過的絕對不敗的豪傑登場，我心目中的桃太郎還是那個從小就是愛哭鬼、身體孱弱、害羞忸怩的人，總之就是一個靠不住的男人，可是當他接觸到那些專門破壞人們心情、使之陷入永恆絕望與戰慄與怨懟的地獄的窮凶惡極的無賴時，當他面對那些醜陋的妖魔鬼怪時，他雖然自己力量薄弱，但卻無法漠視而毅然決然地站出來，腰間掛著吉備糰子，直搗各個妖魔鬼怪的巢穴，我寫的故事應該會是這樣展開的。嗯，小狗、猴子、雉雞那三隻家僕也絕稱不上是模範的得力助手，牠們各有各讓人皺眉的癖好，有時也會吵起架來，我或許會寫成幾乎像是西遊記裡的孫悟空、豬八戒、沙悟淨那般。可是，我在喀嚓喀嚓山之後，終於要寫這篇「我的桃太郎」時，突然一股沉悶的心情襲來。我認為至少桃太郎這個故事要以單純的形式留下來做結束，這已不是虛構的故事了，而是自古以來全日本人不斷歌頌至今的日本詩歌了。虛構故事的情節再怎麼矛盾也沒關係，但現在才又把這首詩的明快豁達的氛圍胡亂竄改掉，對全日本來說太失禮了，畢竟桃太郎是高舉「日本第一」旗幟的男子。別說日本第一了，連日本第二或第三都稱不上的作者怎麼能夠描寫日本第一的好漢呢。當我想到桃太郎那面「日本第一」的旗幟時，就毫不眷戀地放棄了「我的桃太郎虛構故事」計畫了。

就這樣，我馬上想到接下來寫剪舌麻雀的故事，想以這篇作為《御伽草紙》的結尾。無論是這篇剪舌麻雀，還是之前的肉瘤公公、浦島先生、喀嚓喀嚓山，都沒有「日本第一」登場，因此我也沒什麼責任，得以自由編撰，但若說到日本第一，既然是在這個尊貴的國家說到「第一」的話，再怎麼說那是傳說故事，也不允許讓人隨便亂寫。如果外國人看了說「什麼嘛！這樣就叫日本第一？」將會讓人感到多悔恨啊，因此，我要不厭其煩地叮囑各位，肉瘤公公裡的兩位老人、浦島先生、還有喀嚓喀嚓山裡的那隻狸貓，都絕不是日本第一喔，只有桃太郎是日本第一喔，就是這樣我才不寫桃太郎。是說如果這本《御伽草紙》裡，有「日本第一」出現在你眼前的話，你的雙眼或許會被閃瞎吧。這樣，大家知道了吧，在我這本《御伽草紙》裡出現的人物，不是日本第一或第二或第三，而且也不是所謂的「代表性人物」，只不過全都是些太宰這個作家根據其愚蠢的經驗和貧瘠的想像力所創造出來的極其平庸的人物們罷了。靠著這幾個人物，就直接推量日本人的輕重，才真的是自以為是地用近乎刻舟求劍的心態去揣測。我很珍惜日本，雖然這是不用特別說也知道的事，因此，我才絮絮叨叨地敘述我避免描寫日本第一的桃太郎，而且，其他諸位人物也絕不是日本第一，再者我認為讀者應該也會非常贊同我這種堅持吧。

話說回來，這個剪舌麻雀的主角別說是日本第一了，反而可說是日本最糟糕的男人也不為過。第一，他身體實在太孱弱了，身體孱弱的男性在社會上的價值似乎比跛腳的馬更低。他總是無力咳著，臉色很差，早上起床後，拿雞毛撢子清理房間的拉窗拉門、拿掃把掃掃地，就筋疲力竭了，接下來的一整天都在桌子旁睡睡醒醒，吃完晚餐後，馬上自己迅速鋪好床睡覺。這個男人已經過了十幾年這種可悲的生活，雖然還不到四十歲，可是從很久以前就自稱為老翁，而且也命令自家人要稱呼自己為「老公公」，嗯，或許這種人就叫做隱士吧，可是，所謂的隱士，若有一些錢的話，是可以隱居，但若是整天身無分文的話，即便想隱居，也會被世間雜事紛擾，是無法完全隱居的。這位「老公公」也是，雖然現在住在這小小的草庵裡，不過追溯他的出生，會發現他是大戶人家的三男，辜負了父母親的期待，沒有正當職業，只是渾渾噩噩地過著晴耕雨讀的閒居生活，不久就生病了，此時，父母親和親戚們都一同稱他為孱弱的笨拖油瓶，而放棄對他有所期望，只每個月提供一些不多的錢讓他不至於餓死。正因為這樣，他才得以過著隱士般的生活，雖說他是住在草庵裡，但不得不說他是個很有身分的人，就像這樣，常有些出身很高的人對社會沒什麼幫助。雖說老公公身體孱弱也是個事實，但是他也不是只能臥病在床，應該不至於無法打起精神工作，可是，這位老公公什麼都不做，只有書，好像看非常多，不過不知道是不是因為看了就忘，也不見他把自己看到的事告訴他人，他就只是恍惚過日子，光從這點看來，其社會價值就已經近趨於零了，再加上這位老公公沒有孩子，結婚已超過十年，卻還沒有子嗣，這些林林總總加起來，他完全沒有達成生而為人該盡的義務。要說是哪個妻子能和這麼沒有幹勁的夫君生活十幾年，還讓人滿好奇的。可是，越過草庵圍籬偷偷窺探的人都感到很失望，實際上那是一個非常不起眼的女性，膚色黝黑、金魚眼、兩隻大手掌佈滿皺紋，看到她雙手無力垂在胸前、彎腰駝背在庭院裡忙碌走動的樣子，大家都甚至認為她或許比「老公公」年紀還大，不過聽說她今年是三十三歲的本命年，這個人本來是在「老公公」的原生家庭幫忙的傭人，負責照顧孱弱老公公的身體，不知不覺就變成照顧他的一生，她沒念什麼書。

「快，內衣褲全部都脫下來放在這裡，我要洗。」她一副下命令的口吻。

「下次，」老公公托著腮靠在桌上低聲回答，老公公總是低聲說話，而且，每句話的後半段都含在嘴裡，只聽得到「啊啊」、「之類的」、「嗯嗯」這類的聲音，連已結婚十多年的老婆婆也無法完全聽懂老公公說的話，更何況是其他人。反正他都像是個隱士了，自己說的話別人聽得懂或聽不懂都沒差吧，可是他也不工作，即使有看書，好像也不見他要把學到的知識寫成書之類的，就這樣即使結婚十幾年，也沒有任何孩子，再加上，日常生活對話上連說清楚都省了，後半段在口中含糊不清地說著，這要稱作懶惰嘛，還是不肯多費力氣，總之其消極性無法用言語形容。

「快點拿出來啊，喂，你那和服襯衣的領子不是已經油油黃黃了嗎。」

「下次。」果然依然一半含在嘴裡，含糊說著。

「啥？你說什麼？說清楚一點。」

「下次。」他還是托著腮，面無表情直盯盯地看著老婆婆的臉，這次總算說得比較清楚了，「今天很冷。」

「因為已經冬天了啊，不只今天，明天、後天也都一定很冷。」老婆婆用像是斥責小孩的語氣說，「總是這副死樣子在家裡待在爐灶旁的人和要去井邊洗衣服的人比起來，誰會比較冷？」

「我不知道，」他幽幽地笑著回答，「因為妳已經習慣待在井邊了。」

「開什麼玩笑，」老婆婆整張臉皺起來，「我也不是生來就單為了洗衣服。」

「這樣啊。」老公公說完這句就結束對話。

「快，快點脫下來放在這裡啊，替換的內衣褲全部放在那個櫃子裡。」

「我會感冒。」

「那隨便你。」老婆婆無可奈何地丟下這句就走開了。

這裡是東北的仙台郊外，在愛宕山山麓，面臨湍急的廣瀨川的大片竹林裡，或許是仙台這個地方自古以來就有很多麻雀，代代相傳的仙台竹紋的家徽上畫有兩隻麻雀，而且，先代萩[3]戲劇裡的麻雀也是以最重要角色的姿態登場，這應該大家都知道。此外，去年我去仙台旅行時，當地友人教了我一首仙台地區的古老童謠，如下：

竹籠孔　竹籠孔

竹籠裡面的　麻雀

什麼時候　什麼時候　會飛出來

不過這首童謠，好像不限於仙台地區，已變成全日本小孩的遊戲歌謠了。

竹籠裡面的 麻雀

這句特地把籠子裡的小鳥限定為麻雀，而且也把「會飛出來嘞」這句東北方言自然地插入歌詞裡，從這兩點來看，我認為將這首稱作仙台地區的民謠並沒有錯。

這位老公公的草庵周圍的大片竹林裡也住了無數隻麻雀，每天早晚麻雀的吵雜聲都震耳欲聾。今年秋天尾聲時，在一個冰霰唰唰地飄落在大片竹林裡的早晨，庭院的泥土上有一隻扭傷腳的小麻雀仰躺掙扎著，老公公看到後默默把牠拾起，放到爐灶旁，並餵牠吃飼料。小麻雀的腳傷好了後，也會來老公公的房間玩耍，偶爾會飛到庭院前，不過馬上就跳上檐廊，啄食老公公丟出來的飼料，一拉屎，老婆婆就追出去說「好髒！」。老公公一聲不響地站著，拿出一張懷紙，仔細擦掉檐廊上的糞便。日子一久，小麻雀似乎也看得出誰比較親切誰比較兇惡，只要家裡只有老婆婆一個人在時，牠就先在庭院外或屋簷下避難，然後等老公公出現後，馬上飛過來，輕巧地停在老公的頭上，或是在老公的桌上跳來跳去，汲取一點硯台裡的水後，先在喉嚨咕嚕咕嚕發出聲音後再吞下，或是躲藏在筆筒裡，總之玩很多把戲打擾老公公看書。不過，老公公大多裝作沒看到，他不像世間的愛鳥人士般，會對自己的愛禽取些噁心的名字，對牠說「瑠美啊，你也很寂寞嗎？」。不管小麻雀在哪裡做什麼，他都一副事不關己的樣子，然後有時默默順手抓起一把飼料，在檐廊上啪啦啪啦灑了一地。

這隻小麻雀等老婆婆離開後，就啪搭啪搭從屋簷飛下來，輕巧停在老公公托腮的桌角，老公公臉部表情完全沒變，只是默默地看著小麻雀。此時開始，小麻雀身上快有悲劇降臨了。

老公公過了好一會兒後才說了句「這樣啊。」然後深深嘆了一口氣，在桌上翻開書，翻了一、兩頁，之後又托著腮呆呆望著前方，「她竟然說她不是生來洗衣服的，即使那樣，也還風韻猶存呢。」他嘟囔著，微微苦笑。

此時，桌上的小麻雀突然說出了人話。

「那您是為了什麼而生的呢？」

老公也沒特別驚訝，「妳說我喔，我啊，我是為了說實話而來到世上的。」

「可是，您不是什麼都沒說嗎？」

「這世上的人大家都是騙子，所以我不想和他們說話，大家總是在說謊，如此下去更可怕的事是大家都不覺得自己在說謊。」

「那是懶惰蟲的藉口呢。大家似乎稍微念了點書，就會像這樣擺出偷懶的樣子。您不是什麼都沒做嗎？有個成語是『以身作則』喔，您沒資格對別人說三道四呢。」

「這麼說也是啦，」老公不慌不忙，「可是，有我這種男人也不錯。雖然我看起來什麼事都沒做，不過並不完全是這樣，也有一些非我做不可的事。雖然不知道在我活著的時候，能讓我發揮我真正價值的時機會不會到來，可是，如果時機成熟，我也會大大發揮所長。在那之前，嗯，先閉嘴讀書就好。」

「是這樣嗎？」小麻雀偏著頭說，「有些人在家是英雄，出外是狗熊，就只有這些不爭氣的人才會常有這種不服輸的氣焰。可說是殘廢的隱居吧，像您這種蹣跚的朽老身體，將無法實現的以前的夢想轉換成對未來的希望，只是這樣安慰自己罷了，真是個可憐蟲，您這樣連氣焰都沒有，這些只是變態的牢騷罷了，因為您根本沒做什麼該做的事啊。」

「妳這麼說，嗯，雖然或許是這樣啦，」老人終於冷靜下來，「可是，就連我啊，現在也認真在執行一件事呢，若要說是什麼，就是『無欲』這件事，說起來很容易，執行起來很難喔。我家那個老婆婆已經和我這種人結婚十幾年了，所以好歹也該捨棄世間情慾了吧，可是實際上似乎不是如此，她還散發出某種風韻呢，我覺得這實在太可笑了，不自覺自己噗哧笑了出來。」

老婆婆突然把頭探進來，「我才沒什麼風韻呢，咦？你在跟誰說話？我好像聽到年輕女孩的聲音，那位客人在哪裡？」

「客人啊。」老公公依然口齒不清。

「不，你剛才確實有在跟某個人說話喔，而且還是說我的壞話。算了，反正你跟我說話時，總是把話含在嘴裡，讓人聽不清楚，一副懶得說的樣子，但跟那個女孩講話時卻像是換了個人，發出那麼年輕的聲音，聽起來說得很開心的樣子，不是嗎？你才是春心萌動呢，而且還很多，黏糊糊的。」

「是嗎。」老公公含糊回答，「不過，沒別人在喔。」

「你別耍我了。」看來老婆婆真的生氣了，順勢在檐廊坐下，「你到底把我當成什麼！我一直忍耐到今天，你根本把我當笨蛋耍，雖說我出生不好，也沒念書，或許沒辦法陪你聊天，可是，你這樣也太過分了，再怎麼說我也是從年輕時就為你們家效勞，一直照顧你，嗯，事情變成這樣，你的父母親也認為『她是個靠得住的人，把她和我們兒子湊在一起也……』」

「滿口謊言。」

「嘿，哪句是謊言？我扯了什麼謊？不是這樣嗎？那時最了解你的脾氣個性的不就是我嗎？沒有我就不行啊，所以我才變成要照顧你一輩子啊，這哪裡是說謊、說了什麼謊？你說來聽聽。」老婆婆變臉追問。

「全部都是謊言啊，那時，妳一點魅力都沒有啊，只是因為那樣而已。」

「那到底是什麼意思，我聽不懂，別把我當笨蛋，我是為了你好才嫁給你的，才不會散發什麼魅力，你真能說出這麼下流的話，我就是嫁給這樣的你，每天有多寂寞你都不知道。希望你偶爾對我說句貼心的話，你看看別人家的夫妻，無論多貧窮，吃晚飯時總是開心聊天談笑啊，我絕對不是個貪婪的女人，為了你，什麼事我都可以忍，只是如果你偶爾能對我說些貼心的話，我就滿足了。」

「妳怎麼講這麼無聊的話，假惺惺的，我以為妳差不多該死心了，沒想到妳竟然發這麼老套的牢騷，想藉此扭轉局面，這樣不行喔，妳說的話全都是虛假的，只是偶發的隨機的情緒起伏而已。再說，是妳讓我變成話這麼少的男人的，晚飯時的閒聊大抵是對附近鄰居的品頭論足罷了，只是說壞話而已不是嗎？那也是我剛才說的隨機的情緒起伏，隨便在背地裡說別人壞話，我到今天也沒聽妳誇讚過別人，我的心也是很脆弱的，被妳拖累害我也想對別人品頭論足起來，我就是很怕這樣，所以才決定都不和別人說話，因為你們都只看到別人的缺點，完全沒意識到自己的可怕之處，我真的很怕人。」

「我知道了，你已經對我厭倦了，已經對我這老太婆感到厭煩了吧，我感覺得到喔。剛才那位客人怎麼了呢？她躲在哪裡？感覺是年輕女孩的聲音呢，你交了那麼年輕的朋友，就不想和我這個老太婆講話了，這也可以理解。什麼嘛，裝出一副什麼無慾的頓悟神色，對方一是年輕女孩，馬上就興奮起來，聲音也變了，開始喋喋不休地說起話來，真是討厭。」

「妳如果要那麼想也可以。」

「才不好嘞，那位客人在哪裡？不跟她打聲招呼會讓我覺得對她很失禮，再怎麼說，我也是這個家的女主人，讓我跟她打招呼，不要太藐視我！」

「是這隻，」老公用下顎指向在桌上遊玩著的小麻雀。

「欸，你別開玩笑，麻雀會說話嗎？」

「會，而且她說的話還滿中聽的。」

「你真的是很壞心，到現在還要耍我，那算了，就這樣。」她冷不防伸出手臂，用力抓起桌上那隻小麻雀，「那我就把這舌頭拔掉，讓你無法再說出那些中聽的話。你平常就特疼這隻小麻雀，我恨得要死，這安排剛剛好，你讓那個年輕女孩逃走，我就拿這隻小麻雀當作替死鬼，拔掉牠的舌頭，太痛快了！」老婆婆就扳開掌中小麻雀的嘴巴，把那個像是小油菜花瓣大小的舌頭一瞬間拔掉。

小麻雀啪搭啪搭往高空飛去。

老公無言地遠望著小麻雀飛去的方向。

然後，從隔天開始，老公公就開始在大片竹林裡搜尋小麻雀。

舌頭被拔掉的　小麻雀
妳的家　在哪裡
舌頭被拔掉的　小麻雀
妳的家　在哪裡

雪每天每天繼續下著，即使如此，老公公還是像被什麼附身似地，在寬廣的大片竹林中到處搜尋。竹林裡有千萬隻麻雀，要在那當中找出那隻舌頭被拔掉的小麻雀，是極其困難的事，可是老公公憑著異常的熱誠，日復一日不斷搜尋。

舌頭被拔掉的　小麻雀
妳的家　在哪裡
舌頭被拔掉的　小麻雀
妳的家　在哪裡

對老公而言，憑著這種有勇無謀的熱誠行動，在他的生涯中，從沒發生過。沉睡在老公心中的某樣東西，此時開始冒出來，可是至於那是什麼，作者（太宰）並不知道。明明是在自己家中，卻像住在別人家中那種悶悶不樂的心情的人，突然遇到能讓自己展現出最輕鬆心情的人，而去追求，這種感覺追根究柢就是戀愛，可是，和一般人認為的戀愛這個詞彙顯現出的心境比起來，這位老公的心境或許更加寂寞吧。老公公全心全意地找尋，展現出他自出生以來第一次的執拗積極性。

舌頭被拔掉的　小麻雀

妳的家　在哪裡
舌頭被拔掉的　小麻雀
妳的家　在哪裡

他當然不可能邊唱著這首歌邊到處找尋呢，可是，風在自己耳邊發出沙沙聲，然後，一步一步踏著竹林底下的雪的同時，這首不知該說是歌還是佛經的詞句就會不知不覺間在自己心中湧現，和耳邊的沙沙風聲合鳴。

某個夜晚，這個仙台地區下起罕見的大雪，隔天晴空萬里，映照出刺眼的銀色世界，老公這天早晨很早就穿上草鞋，一如往常到竹林裡徘徊，

舌頭被拔掉的　小麻雀
妳的家　在哪裡

舌頭被拔掉的　小麻雀

妳的家　在哪裡

積在竹子上的一大塊雪塊突然撲通一聲打在老公的頭上，可能正中要害，老公公昏倒在雪地上，在半夢半醒間聽到各種聲音議論紛紛。

「好可憐喔，到頭來還是死掉了啊。」

「什麼，沒死啦，只是暈倒而已。」

「可是，像這樣一直躺在雪上，也會凍死吧。」

「是啊，要想想辦法才行，事情變麻煩了。在發生這種事前，那個孩子如果早點出來讓他找到就好了，那個孩子到底在幹嘛？」

「你說阿照？」

「對，不知道她被誰惡作劇，嘴巴受傷了，從那之後，她就沒在這附近出現了。」

「她在睡覺呢，因為她舌頭被拔掉了，什麼話都說不出來，只是一直撲簌簌流著眼淚。」

「這樣啊，她舌頭被拔掉了啊，真有人那麼壞心啊。」

「是啊，嗯，是這位老公的太太呢，雖說不是個惡妻，可是那天可能剛好心情不爽吧，突然就把阿照的舌頭拔掉了。」

「你看到了喔？」

「是啊，好可怕，人類，就像這樣會出其不意做出一些殘忍的事呢。」

「她是吃醋吧，我也很了解這家人的事，似乎是這個人太把他太太當笨蛋，雖說我也看不慣有哪個人太溺愛太太，可是那麼冷淡真的不行。阿照也做了蠢事，和這位老爺過於親密，算了，大家都有錯，不要管他們了。」

「哎呀，你還不是一樣在吃醋嗎？你喜歡阿照吧？你隱瞞也沒用喔，你不是某天嘆息著說『這個廣大竹林裡，就屬阿照的聲音最好聽了』嗎？」

「我才不會吃醋呢，那多沒品。可是，至少和妳比起來，阿照的聲音好聽，也比較漂亮。」

「你好過分。」

「不要吵架，你們好無聊喔，現在重要的是要怎麼處理這個人？不管他的話，他會死掉喔，好可憐。他是有多想見到阿照，每天每天都在這座竹林裡搜尋徘徊，最終變成這副模樣，不是很悲慘嗎，這個人一定是個很誠實的人。」

「什麼，他是個笨蛋吧，都這把年紀了，還追著小麻雀跑，真受不了他。」

「別這麼說啦，怎麼樣，讓他們見面吧，阿照似乎也很想見這個人，可是，舌頭已經被拔掉了，無法說話了，我告訴她說這個人在找她，她也只是躺在竹林深處的家裡，撲簌簌地流著眼淚，這個人是很可憐，不過阿照也很可憐啊，好嘛，靠我們的力量幫他們一把吧。」

「我才不要呢，我就是無法對戀愛糾葛給予同情。」

「這不是戀愛糾葛啦，你不懂啦，好嘛，大家都想讓他們見面吧？這種事是講不出道理的。」

「是啊是啊，我接受，什麼？沒辦法？那就祈求神明幫忙啊，我父親曾經告訴過我，在沒有任何理由想幫助別人時，請求神明幫忙是最好的做法，此時，神明什麼事都能幫我們實現。嗯，大家先在這裡等一下，我這就去拜託鎮守這座森林的神明。」

老公公驀然睜開眼時，發現自己在竹柱蓋成的小巧精緻客廳裡。他起身環望四周，倏地紙拉門被打開了，有個身長兩呎高的小娃娃跑出來。

「呀，您醒啦？」

「啊，」老公公開朗大笑，「這裡是哪呢？」

「是小麻雀的家。」這位像是娃娃般可愛的女孩子在老公公跟前端正坐好，眨著大大圓圓的眼睛回答。

「這樣啊，」老公公放下心地點點頭，「那麼妳就是那隻舌頭被剪掉的小麻雀嗎？」

「不是，阿照她躺在裡面的房間裡，我叫小鈴，是阿照最好的朋友。」

「這樣啊，那隻舌頭被拔掉的小麻雀叫做阿照啊？」

「是啊，她是個心腸很好的好人喔，您趕快去見她吧，她很可憐，沒辦法說話，每天都撲簌簌流著眼淚呢。」

「我去見她吧。」老公公站起來，「她躺在哪裡呢？」

「我帶您去。」小鈴優雅揮起長長的袖子，走出走廊。

老公公小心翼翼走在青竹鋪成的狹窄走廊上，讓自己不要滑倒。

「就是這裡，請進。」

老公公在小鈴的帶領下，進去走廊盡頭的一個房間裡，這是一間很亮的房間，庭院裡長著一排茂盛的小竹林，在竹林間有清淺小溪流過。

阿照躺在小小的紅絹被子裡，她是個比小鈴還有氣質的美麗娃娃，只是臉色有點蒼白，大大的眼睛一瞬不瞬地望著老公公的臉，然後眼淚就又撲簌簌流了下來。

老公公盤腿坐在她枕邊，什麼都沒說，只是望著庭院裡流動的潺潺小溪，小鈴悄悄地離開了。

什麼都不用說也沒關係，老公公幽幽地嘆了口氣，這並不是憂鬱的嘆氣，而是老公公出生至此第一次體會到內心的平靜，這份喜悅透過幽微的嘆息傳達了出來。

小鈴靜靜地端了酒和菜餚來，「請慢用。」她說完又離去了。

老公公自己斟了一杯酒喝下，又遙望著庭院的清水。老公公並不是所謂的酒鬼，只要一杯，他就飄飄然微醺了，他舉起筷子夾了餐盤上的一片竹筍放入口中，味道真好。可是老公公並沒有大吃特吃，就此停手。

紙拉門又打開了，小鈴端來別的菜餚和另一壺酒，她坐在老公公跟前，「再來一杯？」她勸酒。

「不了，已經夠了。不過話說回來，這是好酒呢。」他不是說場面話，而是不自覺地脫口而出。

「您喜歡嗎？這是竹子的朝露。」

「太好喝了。」

「什麼？」

「太好喝了。」

阿照躺著聽老公公和小鈴的對話，露出了微笑。

「哎呀，阿照在笑呢，她應該是想說些什麼吧。」

阿照搖搖頭。

「說不出來也沒關係，對吧？」老公公第一次面向著阿照說話。

阿照眨眨眼，開心地點了兩、三次頭。

「那我先告辭了，我會再來的。」

小鈴對這位這麼乾脆的客人有點訝然，「咦，您要回家了？您在竹林裡漫無目的地搜尋，找到快凍死才好不容易在今天見到她，卻連一句溫柔的慰問都沒有……」

「只有溫柔的話語我說不出來。」老公公苦笑著站了起來。

「阿照，這樣可以嗎？讓老公公回家。」小鈴慌張地問了阿照。

阿照笑著點頭。

「你們真是半斤八兩啊。」小鈴也笑出聲來，「那麼，就請您再來喔。」

「我會來的。」老公公認真地回答，要走出房間時，突然停住腳步，「這裡是哪裡啊？」

「是竹林裡。」

「咦？竹林裡有這麼奇妙的房子嗎？」

「有啊。」小鈴說著，和阿照相視一笑，「可是，一般人看不到喔，您只要在竹林的那個入口，像今天一樣趴在雪地上，我們隨時都可以帶您進來這裡喔。」

「這樣就太感謝了。」他不自覺地誠心說出口，就走到青竹走廊上。

就這樣，又在小鈴的帶領之下，回到原本那個小巧精緻的客廳，那裡擺著各式大小不同的竹編方箱。

「您好不容易來這裡，我們卻沒辦法好好招待您，真是不好意思。」小鈴用認真的口吻說，「至少當作小麻雀村的伴手禮，在不會給您帶來困擾的情況下，您帶一個您喜歡的竹編方箱回去吧。」

「不用啦，那種東西。」老公公不開心地嘀咕，對那些大小竹編方箱看都不看，「我的鞋子在哪裡？」

「這樣我很難交代，請您帶一個回去嘛。」小鈴快哭地說，「等一下我會被阿照罵的。」

「她不會罵妳，那個女孩子絕對不會生氣，這我知道。話說回來，我的鞋子在哪裡？我應該穿了一雙很髒的雪用草鞋來。」

「丟掉了，您可以赤腳走回去。」

「那好過分。」

「那麼，您帶一個伴手禮回去啊，小的拜託您了。」小鈴合起小小的雙手懇求。

老公公苦笑，瞄了一眼並排在客廳的竹編方箱，「全部都很大，太大了，我討厭拿著東西走路，沒有可以放進懷裡大小的小伴手禮嗎？」

「這要求有點為難人……」

「那我要回去了，赤腳也沒關係，我不要拿東西。」老公公說了就一副真的要赤腳走出檐廊外的氣勢。

「等一下，好不好，等一下，我去問一下阿照的意思。」

小鈴啪搭啪搭飛奔到裡面的房間，然後不一會兒，嘴裡含著一支稻穗回來了。

「來吧，這個是阿照的髮簪，您不要把阿照忘了喔，請再來玩。」

老公公突然甦醒，發現自己趴在竹林入口處睡著了，什麼嘛，原來是夢，可是右手的確握著稻穗，寒冬裡的稻穗是很少見的，而且還散發出玫瑰花般的芬芳香氣，老公公很寶貝地把它帶回家，插在自己書桌上的筆筒裡。

「啊呀，那是什麼？」老婆婆正在家縫紉，眼尖地發現那支稻穗，遂追問起來。

「是稻穗。」一貫的含糊語氣回答。

「稻穗？現在很少見吧，哪裡撿來的呢？」

「不是撿來的。」老公公低聲說畢，就打開書默默閱讀起來。

「這樣不是很奇怪嗎？你這陣子每天都到竹林裡晃蕩，然後失神地回來，今天卻不知怎地一臉特別高興帶著那個東西回來，煞有其事地插在筆筒裡，你一定有什麼事瞞著我吧。如果不是撿來的，那是怎麼來的？這我倒要好好來聽聽你怎麼說。」

「從小麻雀村帶回來的。」老公公一副不耐煩似地簡短回答。

可是，這番說詞當然無法滿足現實主義的老婆婆，老婆婆鍥而不捨地接連不斷盤問，不會說謊的老公公招架不住，只好把自己神奇的經驗如實招出。

「啊，那種事，你是認真這麼說的嗎？」老婆婆最後愕然地笑出來。

老公公已經不想回答了，手撐著臉頰，心不在焉地看著書。

「你以為我會相信你那種胡亂謅的話，一定是騙人的，我知道的，因為她不來，對，就是她不來。喏，自從那位年輕女客人來了之後，你就好像變了另一個人，格外坐立難安，只是一直嘆氣，看起來就像是愛情的奴隸。真是丟臉，都這把年紀了，你隱瞞也沒用，我就是知道。那個女孩子到底住在哪裡？不是在那座竹林裡吧，我不會被你騙的，竹林裡有小小的家，那裡有像娃娃般可愛的女孩兒住著，哼，你想用這種騙小孩的理由來蒙混過去是不行的喔。如果那是真的的話，你下次去時，就帶一個竹編方箱當作伴手禮回來給我看看啊，做不到吧，反正那是你編出來的故事。如果你能從那戶不可思議的人家揹著大竹編方箱回來的話，以那個為證據，我也不是不能相信，可是你只是拿支稻穗回來，就說是那個女孩子的髮簪，你連這麼愚蠢的謊言都編得出來，你就像個男人從實招來吧，我也自認為不是個不通情理的女人，有一、兩個小妾算什麼。」

「我討厭提東西。」

「哼，是這樣嗎？那我代替你去好了，如何？只要在竹林入口趴著就行了吧？我去吧，這樣也可以嗎？你不感到困擾嗎？」

「妳就去吧。」

「啊呀，你真不要臉，明明是騙人的話，卻說『妳就去吧』，那麼，我就真的去做做看喔，可以嗎？」老婆婆說著，壞心眼地奸笑著。

「妳看起來好像很想要那個竹編方箱呢。」

「是啊，當然當然，反正我就是很貪心，我想要那個伴手禮啊，那我現在就出門了，我會在那些當作伴手禮的竹編方箱裡挑一個最重最大的回來，哈哈哈。雖然很愚蠢，不過我出發了，我討厭死你那種佯裝道貌岸然的表情，我現在就去把你那張偽善者嘴臉的皮剝下來。趴在雪地上就能到小麻雀的家了，啊哈哈哈，真是愚蠢的事，不過，嗯，我還是先把它當作一回事，就去一下吧。你之後才改口說那是騙人的，我也不理喔。」

老婆婆就像是頭已經洗了一半不能回頭般，把針線道具收收，走下庭院，踩著積雪往竹林裡前進了。

之後發生了什麼事，作者也不知道。

黃昏時，發現老婆婆揹著又重又大的竹編方箱趴在雪地上，她身體已變冰冷，看來是竹編方箱太重讓她無法站起來，就凍死了。然後聽說竹編方箱裡裝滿金光閃閃的金幣。

不知是不是多虧這些金幣的福，老公公不久後就當官，終於再往上升官到一國宰相的地位，世人稱他為麻雀大臣，大家都說他的官運是他當年對麻雀的愛情得到的回報，可是，老公公每次聽到這種恭維話，都只是幽幽地苦笑，說：「不，都是靠我太太的，我讓她吃苦了。」

1 中世紀中古高地德語史詩《尼伯龍根之歌》的英雄、理察．華格納著名歌劇《尼伯龍根的指環》的主角，以屠龍聞名。

2 日本平安時代末期的僧兵，為武士道精神的傳統代表人物之一。

3 《伽羅先代萩》的簡稱，日本人形淨瑠璃和歌舞伎的演出節目。

民間童話版本

楠山 正雄

肉瘤公公

一、

很久很久以前，某個村莊裡住著一位老公公，他的右臉頰垂著很大一塊肉瘤，總是覺得很礙眼。

某一天，老公公到山裡砍樹，突然間起了一陣陣狂風，閃電一閃一閃發著光，雷聲轟隆轟隆響起，不久淅瀝嘩啦下起雨來，看樣子已經沒辦法回家了，老公公左右張望想著該怎麼辦時，看到了一個很大的樹洞，因為也沒別的辦法，他就先進入那裡面，等待雨變小，不知不覺間天完全黑了。

深山裡已聽不到樵夫砍伐樹木的聲音，樹洞外面黑漆漆一片，只聽到駭人的暴風雨發出颼颼低鳴聲。

老公公很害怕，害怕得不得了，整夜都沒闔眼，在樹洞裡瑟縮成一團。

到了半夜，雨漸漸轉小，不久暴風雨條然停止，遠遠的高山上似乎傳來大批群聚生物喧囂嘈雜下山的聲音。

老公公剛才一直孤單一人等著雨停，非常寂寞，此時聽到聲音終於有種活過來的感覺。

「哎呀哎呀，有伴真的令人高興啊。」

他說著，悄悄地從樹洞中把頭探出去窺視了一下，驚！他看到了什麼？來者居然不是人，竟然是些不可思議的鬼怪，好幾十個鬼怪蜂擁而來，有穿著青綠色衣服的紅鬼怪，也有穿著紅色衣服的黑鬼怪，牠們頭戴著像山貓的眼睛般發出刺眼光芒的燈蜂擁而下。

老公公嚇得魂不附體，又縮回樹洞裡了，並且渾身顫抖，縮成一團屏住呼吸。

不久鬼怪們來到老公公躲藏的樹洞前，吵吵嚷嚷了一會兒，就都在那裡停了下來。老公公心想「哎呀」，喧鬧聲終於變小時，當中的一個像是頭目的人在正中間坐了下來，其他的鬼怪就在其左右兩側排出兩排隊伍，仔細一看，有的鬼怪只有一隻眼睛，有的幾乎沒有嘴巴，有的沒有鼻子，全都是些有著難以形容的令人毛骨悚然的臉，各種鬼怪就這麼擠來擠去聚集著。

一會兒後，有人拿出酒，牠們就互相用陶杯斟酒，完全像人類一樣開始了歡樂的酒宴。

幾杯黃湯下肚後，像是頭目的鬼怪比誰都還醉，不知道為了什麼有趣的事笑得東倒西歪，於是坐在末座的一個年輕鬼怪站了起來，在方木盤放上食物，小心翼翼地端到鬼頭目面前，然後不斷說著一些聽不懂的話，鬼頭目左手拿著酒杯，邊笑邊聽得津津有味，那模樣跟人類沒什麼兩樣。

不久後鬼頭目說：

「嘿！有沒有誰要來唱首歌？誰要跳個舞啊？」

並往四周掃視一圈。

不久坐在頭目旁邊的那個鬼怪冷不防地大聲唱起歌來，於是剛才那個年輕的鬼也從角落飛奔而出，奮力跳了一段舞蹈後退下了，之後坐在末座的那些鬼就一個一個輪流站起，同樣跳著舞蹈，當中有些鬼怪跳得很好就被誇讚，也有些鬼怪跳得很笨拙而被嘲笑，每段舞結束後，大家就鼓掌喝采：「很好很好。」

此時鬼頭目似乎興致高昂地高聲談笑，他說：「啊哈、啊哈，太有趣了，真有意思，這般開心的宴會今晚還是第一次，不過有沒有誰能順便跳些比較不常見的舞蹈呢？」

老公公從剛才就一直蜷縮著身體躲在樹洞中，不過他還是想看看這可怕的景象，遂只伸長脖子窺探著外面的狀況，再說老公公本來就是個很滑稽詼諧的人，不自覺間已忘卻害怕的感覺，一副看雜耍表演的心情，入神地觀賞著鬼怪們的舞蹈，不知不覺自己也跟著擺動起來，一聽到鬼頭目講的話，很想自己飛奔出去跳舞。

但他一轉念想到如果突然飛奔出去被牠們一口吃掉就不好了，遂拼命克制自己，可是不一會兒鬼怪們又開心地拍起手來，打起拍子，老公公再也忍不住了。

「欸，有什麼關係，就出去跳給牠們看，如果被吃掉死掉就算了。」

他整個壯起膽子，把伐木的斧頭插在腰間，烏帽子深深壓到鼻頭。

「哎喲，哎呀哎呀。」

他突然邊喊邊飛奔到鬼頭目的跟前。

因為實在是太突然了，這次換成鬼怪們被嚇一跳。

「怎麼了？這是什麼？」

「這不是人類的老公嗎？」

大家這麼說著，紛紛站起來鬧哄哄亂成一團。

老公公像是豁出去般，努力延展身體，縮起來、站起來、躺下去、往左走、往右走、像隻松鼠般迅速迴轉，朝氣十足活蹦亂跳，並發出喝醉酒般的吆喝：「哎喲，哎呀哎呀。」興高采烈地跳著舞。

漸漸地，鬼怪們也被感染，一起拍起手打拍子。

「跳得很好，跳得真好呀。」

「認真一點跳啊。」

鬼怪們說著，邊精神抖擻地大笑，認真看著老公公的舞蹈。

跳完舞後，鬼頭目也很佩服，對老公公說：

「我第一次看到這麼有趣的舞蹈，老公公，你明天晚上也要來跳舞給我們看喔。」

老公公得意洋洋：

「嘿嘿，你不說我也一定會來的，今天晚上太臨時了，我沒準備就來了，明天晚上前，我會確實練習好再來的。」

老公公這麼說著時，右手邊第三個鬼出聲了：

「不不，雖然他這麼說，不過說不定到時候他會偷懶而不出現，為了不讓他毀約，跟他拿個什麼東西當作抵押品怎麼樣？」

鬼頭目點了點頭說：

「原來如此，就這麼做吧。」

「那麼什麼好呢？要拿什麼好呢？」

鬼怪們開始七嘴八舌地商量起來。

有人說：「烏帽子好。」

也有人說：「斧頭怎麼樣？」

頭目制止了大家的喧鬧，說：

「不，再怎麼樣也是拿取老公公臉頰上的肉瘤比較好，肉瘤代表福氣，一定是老公公最重要的東西。」

老公公心中吶喊「好極了」，卻故意裝出驚慌的神色，說：

「不不，您真是說了很過分的話，就算眼珠子被取出，鼻子被切掉都沒關係，但千萬不要取下這塊肉瘤，這麼些年，我把它當作寶讓它垂著，這是我非常寶貝的肉瘤，這個被拿走了，我真的會很困擾。」

鬼頭目一聽，就說：

「看吧，這是他那麼珍惜的肉瘤，非這個不可了，把它取下來。」

牠手下的鬼怪們即刻上前：

「那我們要拿了。」

牠們邊說邊啪嚓地扭斷了那個肉瘤，不過一點都不痛。

正在此時，天亮了，烏鴉嘎嘎叫了起來。

「哎呀，糟糕了。」

鬼怪們非常驚慌，站了起來。

「明天晚上一定要來，再把肉瘤還給你。」

鬼怪們說著就慌慌張張消失在某處了。

然後老公公輕輕地撫摸著臉頰，發現長年困擾著他的大肉瘤不見了，感覺髒東西擦掉般光滑。

「真的好感謝牠們，這世上也有不可思議的事情發生呢。」

老公公開心得不得了，想趕快給老婆婆看讓她高興，便搖晃著頭，快速飛奔回家了。

老婆婆看到老公的肉瘤不見了，且完全沒留下任何疤痕，很驚訝地問：

「哎呀，你的肉瘤怎麼不見了？」

老公把事情始末一五一十地述說，並說是鬼怪牠們當作抵押品拿走了。

「哎呀，是這樣啊。」

老婆婆睜大眼睛說著。

二、

話說這戶人家的隔壁也住著一位左臉頰同樣掛著肉瘤的老公公，他看到老公公的肉瘤不知何時不見了，很驚奇，並且很羨慕地問：

「老公公、老公公，您的肉瘤怎麼不見了？是拜託哪位厲害的醫生切除的嗎？您可以告訴我那位醫生住在哪裡嗎？我也要去請他幫我切除。」

老公公說：

「什麼呀，這個才不是請醫生切除的呢，這是昨天晚上在山裡面，鬼怪拿走的呀。」

一聽到此，隔壁老公公湊近身子，一臉驚訝地問：

「這到底是怎麼一回事？」

老公公便詳細敘述因為這些那些原因他跳起舞，然後鬼怪們把肉瘤當作抵押品拿走了。

隔壁老公公說：

「真讓我聽到一個好資訊啊，那麼我也馬上去跳舞給牠們看吧，老公公，請您告訴我那些鬼怪們出現的地方。」

「啊，可以呀。」

老公公說著，並詳細告訴他路怎麼走。

隔壁老公公非常興奮，匆匆忙忙就往山裡出發了，然後進入從老公公那裡聽來的樹洞裡，提心吊膽地等著鬼怪出現。

原來如此，如同聽到的，到了半夜，好幾十個穿著青綠色衣服的紅鬼怪，和穿著紅色衣服的黑鬼怪，牠們頭上戴著像貂的眼睛般發出刺眼光芒的燈，喧嚷吵雜蜂擁而來。

不久大家像昨晚一樣坐在樹洞前，開始了熱鬧的宴會。

此時鬼頭目說：

「怎麼了，昨晚的那個老公公還沒來啊。」

「怎麼了，老公公，趕快出來啊。」

其手下的鬼怪也喧鬧不已。

隔壁老公公聽到此，想著「就是此時」，戰戰兢兢地從樹洞爬出來。

於是，一個鬼怪眼尖地看到他，說：

「啊，來了，來了。」

鬼頭目非常高興，對他說：

「啊，歡迎你來，來吧，來這裡，跳舞、開始跳舞吧。」

老公公提心吊膽站了起來，擺動起看著就覺笨拙的手勢，跳了很難看的舞。鬼頭目露出不高興的表情，動起肝火說：

「今天跳這什麼舞啊？真的是爛到讓人看不下去，夠了，回去，你回去吧，喂，把昨夜保管的東西還給老公公吧。」

於是，坐在末座那個年輕鬼怪把保管的肉瘤拿出來。

「這個，還給你了。」

牠大喊著，邊把肉瘤啪搭地貼在沒有肉瘤的右臉頰上。

隔壁老公公叫了聲「啊！」，不過已經來不及了。他就這樣兩頰掛著肉瘤，抽抽噎噎地下山了。

【浦島太郎】

一、

很久很久以前，在丹後水江的海灣邊有位叫做浦島太郎的漁夫。

浦島太郎每天都扛著釣竿出海，釣鯛魚和鰹魚等各種魚類來養活父親和母親。

有一天，浦島和往常一樣出海，釣了一整天的魚後，在回家途中看到五、六個小孩聚集在街上，喧囂吵鬧，浦島太郎很好奇到底發生了什麼事，就靠過去看，原來他們抓了一隻小烏龜，用棒子戳牠、用石頭丟牠，惡劣地欺負著那隻小烏龜。浦島見狀，出手制止說：

「唉呀，不要做那麼殘忍的事，你們都是好孩子呀。」

可是那些小孩完全不想理會。

「什麼啊，幹嘛，有什麼關係。」

小孩說著，又把小烏龜翻成腹部朝上，用腳踢牠，並把牠埋進土裡。浦島越來越覺得小烏龜很可憐。

「那叔叔給你們一些錢，你們把那隻烏龜賣給我。」

小孩子聽了說：

「嗯嗯，你給我們錢，我們就把牠給你。」

並把手伸出來，因此浦島給了小孩一些錢，接過了小烏龜。

小孩子說：

「叔叔，謝謝你，以後再跟我們買東西吧。」

小孩邊大聲嚷嚷邊走掉了。

之後，浦島溫柔撫摸著從龜殼探出來的烏龜頭。

「哎呀哎呀，剛才好險啊，好了，你趕快回家吧。」

他說著說著，還刻意把烏龜抱到海邊才放手。烏龜好像很開心的樣子，擺動脖子和手腳，不久就啪搭啪搭打起水花，沉到深深的海裡離開了。

兩、三天後，浦島又划船出海去釣魚了，他划到很遠的海域，正努力釣魚時，突然從後方傳來一個聲音叫住他：

「浦島先生、浦島先生。」

浦島覺得奇怪，回頭一看，卻沒看到人影，不過不知何時，有一隻烏龜爬到船旁來。

浦島露出困惑的神色。

「我是您前幾天搭救的烏龜，今天我是來跟您道謝的。」

聽到烏龜這麼說，浦島嚇了一跳，說：

「啊，這樣啊，不是什麼大不了的事，你不必刻意來道謝啊。」

「不過，真的很謝謝您，話說浦島先生您有看過龍宮嗎？」

「沒有，有聽過但還沒看過呢。」

「那麼，就當作個小小的謝禮，我帶您去參觀龍宮，您說怎麼樣？」

「喔，那還滿有趣的呢，我想去看看，不過據說那不是在海底嗎？要怎麼去呢？我沒辦法游到那裡啊。」

「哎呀，那也不是多困難的事，請乘坐在我的背上。」

烏龜說著露出背部，浦島雖然覺得有點害怕，不過還是聽從指示乘坐到烏龜背上。

烏龜馬上打起白色浪花，精神奕奕地游走了，隨後，嘩啦嘩啦的海浪聲逐漸遠去，浦島正宛如做夢般被載往湛藍的海底時，突然間，看到一道亮光，眼前出現一條珍珠般的美麗沙灘道路，道路另一頭看到一扇華麗大門，門的盡頭深處高高聳立著一棟閃閃發光、令人眼花撩亂的金銀琉璃瓦建築。

「來吧，龍宮到了。」

烏龜這麼說著，把浦島從背上放下。

「請您稍候。」

牠說著就往門裡走去。

二、

一會兒後，烏龜又出來了。

「來吧，往這邊走。」

烏龜說著，把浦島帶進王宮裡，浦島在鯛魚、比目魚、鰈魚及各種魚類的好奇目光下，穿越牠們走進王宮，此時，乙姬公主帶著眾多侍婢出來迎接，接著浦島就跟著乙姬公主飛快地進到房間裡面。瑪瑙的天花板加上珊瑚的廊柱，走廊鋪滿琉璃，浦島誠惶誠恐地走在上面，不知從哪裡飄來一股香味，也傳來陣陣愉悅的音樂。

不久到了水晶牆壁上鑲著各種寶石的大廳。

「浦島先生，歡迎您的光臨，前幾天您救了烏龜的性命，真的非常感謝您，沒什麼好的能招待，就請您在這裡好好享受。」

乙姬公主說著，深深鞠了個躬，一會兒後，由鯛魚帶頭，鰹魚、河豚、蝦子、章魚等大小種類不同的魚類不斷端上珍饈美饌，開始了熱鬧的酒席宴會，美麗的侍婢們唱歌跳舞，浦島覺得自己就像在夢中做著夢般不真實。

酒足飯飽後，浦島又在乙姬公主的帶領下，參觀了龍宮內部各個角落，無論哪個房間都裝飾著稀有寶石，其美麗程度實在無法用言語形容。全部看過一輪後，乙姬公主說：

「接下來讓您觀賞四季的景象吧。」

她說完，先打開東邊的窗戶，那裡是春天的景色，一片朦朧當中，櫻花繽紛盛開著，宛如一幅美麗的畫。青綠柳枝隨風飄揚，林間小鳥啁啾鳴囀，蝴蝶成群飛舞。

接下來，她打開南邊的窗戶，出現的是夏天的景象，籬笆上開滿白色的溲疏，庭院裡嫩葉樹林間，蟬和茅蜩高聲鳴叫。池塘裡紅色和白色的蓮花盛開著，葉子上凝結了如水晶寶石般的露水，池塘邊泛起片片漣漪，鴛鴦和鴨子悠游戲水。

接著她打開西邊的窗戶，那裡看到的是秋天的景象，花圃裡盛開著黃菊和白菊，飄來撲鼻花香。往遠方望去，霎時層層楓紅深處籠罩著一片白霧，不時傳來鹿群的悲鳴。

最後她開了北邊的窗戶，出現了冬天的景色，原野上尚未凋謝的枯葉上，凝結的霜閃耀著點點光芒，覆蓋山頂到山谷的皚皚白雪間裊裊升起燒柴的炊煙。

浦島不管看到什麼都驚訝不已，瞠目結舌，不知不覺發起愣來，像喝醉酒般，什麼都不記得了。

三、

自那天起，浦島每天遇到的都是有趣又新奇的事情，住在龍宮實在太開心了，他就什麼事都沒想，悠忽度日，就這樣過了三年。

到了第三年的春天，浦島有時做起遺忘了許久的故鄉的夢，春天的太陽溫暖照射在水江的海灣邊，漁夫們邊精神抖擻地唱著船歌，邊撒網、划船，這些景象清晰出現在夢裡，浦島這才倏地想到「不知道父母親現在過得怎麼樣？」，一想到此，突然坐立不安起來，一心只想著再怎麼樣也要趕快回家，因而，此時即使聽到歌聲、看到舞蹈，都露出意興闌珊的神色，總是一副鬱鬱寡歡的樣子。

乙姬公主看到這個情況很擔心，問：

「浦島先生，您是不是哪裡不舒服？」

浦島扭扭捏捏地說：

「沒有啦，沒有不舒服的地方，不過老實說是因為我想回家了。」

乙姬公主聽到突然流露出非常失望的神色：

「啊，那還真遺憾，不過看您這個樣子，就算我再怎麼挽留您，也沒什麼意義吧，那就沒辦法了，您回家吧。」

乙姬公主落寞地這麼說著，就從屋內拿出一個鑲滿寶石的盒子。

「這個叫做玉匣子，裡面放著人類最珍惜的寶物，我把它當作餞別禮送給您，請您帶回去，但是，如果您還想再回到龍宮的話，不管發生什麼事，絕對不能把這個盒子打開來看。」

乙姬公主再三叮囑後，才把玉匣子交給浦島。

浦島說：

「了解，我絕對不會打開。」

他把玉匣子夾在腋下，出了龍宮大門，乙姬公主又率領眾多侍婢，送到大門外。

之前那隻烏龜已經等在那裡了。

浦島滿心歡喜又難過，心中充滿感動，他搭上烏龜的背，烏龜就迅速乘風破浪浮上海面，不一會兒就到達海灣邊。

「那浦島先生，您保重喔。」

烏龜說完後，又潛進水裡游走了，浦島暫時在岸邊目送烏龜遠去。

四、

浦島在海邊站了好一會兒，瞭望許久不見的海灣，春天的太陽溫暖照射，一望無際澄澈海面上，不知從何處傳來熱鬧的船歌，這景象和夢中看到的故鄉海邊景色沒有絲毫不同。可是仔細一瞧，總覺得哪裡不對勁，不管遇到誰，都是些不認識的面孔，對方也是一臉愕然地盯著自己看，沒打招呼就走掉了。

「好奇怪喔，只過了三年，不可能大家都跑不見了啊，算了，總之趕快回家看看。」

他邊自言自語邊往家的方向邁出腳步，但是，在原本應該是家的地方，卻長滿茂盛的草和蘆葦，完全沒有像是家的影子或形狀，連以前是個家的跡象都沒有留下來，到底父親和母親變得怎麼樣了？

「好奇怪，好不可思議。」

浦島邊喃喃唸著，像是被狐狸附身般，露出茫然若失的神色。

此時，有位拄著拐杖的老婆婆步履蹣跚地走了過來，浦島馬上叫住她：

「老婆婆，借問一下，浦島太郎的家在哪裡？」

老婆婆感到莫名其妙，眨著眼凝視浦島的臉，說：

「什麼？浦島太郎？我沒聽過這個人喔。」

浦島急了，說：

「怎麼會這樣！以前真的住在這裡。」

老婆婆聽了說：

「怪怪。」

她歪著頭，拄著拐杖撐了撐身體，沉思了一會兒後，總算拍了一下膝蓋，說：

「啊，對了對了，說到浦島太郎，那已經是三百年前的人了。好像是啊，這是我小時候聽到的故事，很久很久以前，在水江這裡的海灣邊，有個叫浦島太郎的人，有一天，他划船出海捕魚，就沒回來了，據說大概是去了龍宮吧，再怎麼說這已經是很古早以前的故事了呢。」

老婆婆說完，又彎著腰蹣跚地走遠了。

浦島很驚訝：

「欸，三百年，好奇怪，我以為只在龍宮待了三年，卻變成三百年。這麼說起來，龍宮的三年等於人類的三百年啊，難怪家都不見了，父母親都不在也不奇怪啊。」

這麼一想，浦島突然悲傷了起來，覺得很寂寞，眼前一片黑，現在才感到特別懷念起龍宮的日子。

他又垂頭喪氣走到海邊，海水還是一如往常拍打著海岸，整片海面一望無際。因為烏龜也不會出現了，自然就沒辦法去龍宮了。

這時，浦島突然注意到他抱著的玉匣子。

「對了，把這個盒子打開來看，說不定能知道些什麼。」

一想到此，他覺得很興奮，便糊里糊塗地忘了乙姬公主的忠告，打開盒子的蓋子。此時，盒子裡滾滾冒出紫色的雲煙，才剛覺得那些雲煙好像碰到臉，卻又馬上消失了，盒子裡空空如也。倒是他不知何時變得滿臉皺紋、手腳痀攣，他看向清澈海面上的倒影，發現自己變成一個頭髮和鬍鬚都灰白的可愛老公公。

浦島看了一下空空如也的盒子，落寞地喃喃自語：

「原來如此，乙姬公主說盒子裡放了人類最珍貴的東西，原來那就是人類的壽命啊。」

春天的海邊一望無際地湛藍，又聽到不知何處傳來的高亢船歌。

浦島恍惚想起以前的事情。

喀嚓喀嚓山

一、

很久很久以前，某個村莊住著一對老公公和老婆婆。每當老公公到田裡工作時，總是有一隻老狸貓從後山跑出來，把老公公精心照料的田地搗亂，還不斷朝老公公背後丟小石子和土塊，老公公生氣去追牠，牠就敏捷地逃走了，可是一會兒後，牠又出現，照樣搗蛋，老公公不勝其擾，遂設了陷阱。有一天，狸貓終於掉進陷阱裡了。

老公公欣喜若狂：

「哈，活該！終於被我抓到了。」

他邊說邊把狸貓的四隻腳綁起來抬回家，然後他把狸貓掛在屋梁下，並對老婆婆說：

「妳幫我看好牠，不要讓牠逃走了，晚上我回來前，煮好狸貓肉湯給我吃吧。」

老公說完這段話後又出門去田裡忙了。

老婆婆在被五花大綁的狸貓下面，取出臼，搗著小麥，一會兒後，說：

「啊啊，累了。」

老婆婆邊說邊擦汗，此時，一直安靜被掛著的狸貓卻從上頭叫住老婆婆：

「喂喂，老婆婆，既然妳累了，那我來幫妳吧，不過先請妳幫我把繩子解開。」

「為什麼為什麼？我怎麼會讓你幫忙？我把繩子解開後，別說你會幫忙了，肯定馬上就逃走吧。」

「不會啦，我都這樣被抓起來了，已到這般地步我怎麼會逃走。欸，妳先試著把我放下來看看。」

因為牠實在太煩人，且一本正經地拜託，老婆婆也就糊里糊塗地信了狸貓說的話，把繩子鬆開，放牠下來，於是狸貓邊「哎呀哎呀！」邊摸了摸剛剛被綁住的手腳，接著說：

「好吧，我來幫妳搗吧。」

牠邊說邊拿起老婆婆的杵，假裝要搗小麥，卻突然揮起杵朝老婆婆頭頂打下，

「啊！」瞬間老婆婆眼冒金星，倒地死亡了。

狸貓馬上把老婆婆加以料理，用老婆婆肉湯取代了狸貓肉湯，牠自己則化為老婆婆，若無其事般地坐在灶前等著老公公回來。

傍晚時分，毫不知情的老公公思索著「晚上可以吃到狸貓肉湯呢」，獨自竊喜地加快腳步回家。一進到家門，狸貓老婆婆一副等不及的模樣說：

「啊，老伴，你回來啦，我剛才就煮好狸貓肉湯等著你了喔。」

「哎呀，這樣啊，那可真是感謝啊。」

老公公邊說邊在餐桌前坐了下來，在狸貓老婆婆的服侍下吃了起來，並讚不絕口地說：

「這個好吃，好吃。」

還添了第二碗，吃得很起勁。看到此光景，狸貓老婆婆不自覺地「哼哼」冷笑出聲，突然現出狸貓原形。

「吃了老婆婆的老公，你看一下流理台下面吧。」

狸貓邊說邊露出大尾巴，從後門一溜煙跑掉了。

老公公震驚得雙腿發軟，喪氣地抱著流理台下老婆婆的骨頭，抽抽搭搭地哭了起來。

此時，傳來一個聲音：

「老公公、老公公，您怎麼了？」

進來的是一隻也住在深山裡的小白兔。

「啊，小白兔啊，你來得正好，你一定要聽我說，我遇到了一件很淒慘的事。」

老公公起了個頭後，把事情始末一五一十說了出來。小白兔非常同情老公公：

「啊啊，那可真悲慘啊，不過我一定會替您報仇，您儘管放心。」

牠拍了拍胸脯保證，老公公流下感激的眼淚，邊說：

「那就真的麻煩你了，我實在極度不甘心啊。」

「沒問題，我明天馬上把狸貓引誘出來，讓牠吃點苦頭，您等著看吧。」

小白兔說了這番話後就回山裡了。

二、

話說狸貓逃出老公公的家後，不知為何害怕了起來，遂躲在洞穴裡哪裡都不去。

然後有一天，小白兔腰間掛著砍柴刀，故意到狸貓藏匿的洞穴旁，拿起砍柴刀不停地砍柴，然後邊砍柴邊拿出裝在袋子裡帶來的乾栗子，喀滋喀滋地嚼起來，聽到食物聲音的狸貓從洞穴中慢吞吞地爬了出來。

「小白兔小白兔，你在吃什麼吃得那麼香啊？」

「在吃栗子呢。」

「可以給我一點嗎？」

「可以給你啊，不過你要幫我把一半的薪柴搬到對面那座山。」

因為狸貓很想吃栗子，沒辦法只好揹起薪柴，先一步走出去了。到了對面的山時，狸貓回頭說：

「小白兔小白兔，可以給我栗子了嗎？」

「啊，我會給啊，等你到了下一座山後。」

沒辦法，狸貓又先一步速速往前走。終於到了另一座山頭，狸貓回頭說：

「小白兔小白兔，現在可以給我栗子了嗎？」

「啊，我會給啊，順便再到下一座山，這次一定會給你的。」

沒辦法，狸貓又先一步速速往前走，牠想這次再怎麼樣也要早點到達對面的山頭，所以頭也沒回拼命往前走。小白兔趁這個空檔，從懷裡拿出打火石，「喀嚓喀嚓」點起火來，狸貓覺得很奇怪：

「小白兔小白兔，喀嚓喀嚓是什麼聲音啊？」

「因為這座山叫喀嚓喀嚓山啊。」

「喔喔，這樣啊。」

狸貓說著又往前走了。此時，小白兔點起的火燒到狸貓背部揹著的薪柴，火轟隆轟隆地燃燒了起來，狸貓又感到疑惑了，問：

「小白兔小白兔，轟隆轟隆是什麼聲音啊？」

「因為對面那座山叫做轟隆轟隆山啊。」

「喔喔，這樣啊。」

狸貓正說著，火已經迅速地燃燒到背部，狸貓大喊：

「好燙好燙，救我！」

狸貓邊大叫邊使勁跑了起來，此時山上的風從後面吹來，將火勢吹得更大，狸貓發出哀鳴聲，非常痛苦，在地上滾來滾去，好不容易才把燃燒著的薪柴甩落，跑回洞穴裡。小白兔故意大聲喊：

「唉呀，不好了，失火了失火了。」

牠就這樣一路喊著回家了。

三、

隔天，小白兔把磨碎的辣椒加入味噌裡，做了藥膏，牠拿著藥膏到狸貓家探病，狸貓整個背燙傷得很嚴重，邊呻吟邊在漆黑的洞穴裡到處打滾。

「狸貓啊狸貓，昨天你真的遭遇慘劇耶。」

「對啊，好慘喔，這一大片燙傷要怎麼樣才會好啊？」

「嗯，所以呢，我覺得你真的太可憐了，就帶了對治療燙傷最有效的藥膏來喔。」

「這樣啊，那真是太感謝你了，你趕快幫我塗吧。」

這麼說著的狸貓露出被火燙成一片紅腫潰爛的背部，小白兔在那上面粗魯地塗上厚厚一層加了辣椒的味噌藥膏，這樣一來，背部又像著火般燒了起來。

「好刺好痛！」

狸貓邊說邊在洞穴裡滿地打滾，小白兔看著牠那慌亂的樣子，笑著說：

「狸貓你怎麼了？只有一剛開始才覺得刺痛，過些時候就會好了，你先暫時忍耐一下喔。」

說完就回家了。

四、

然後過了四、五天，某天小白兔心想：「狸貓那傢伙不知道怎麼樣了，下次我帶牠出海，讓牠嚐嚐苦頭。」

正當牠自言自語時，狸貓突然出現了。

「啊呀，狸貓，你燙傷好了嗎？」

「嗯嗯，托你的福，已經好很多了。」

「那真是太好了，那麼，要不要再去哪裡玩呢？」

「不了，我再也不敢去山裡了。」

「那我們不要去山裡，這次去海邊好了，海裡抓得到魚喔。」

「原來如此，海好像很有趣呢。」

因此小白兔和狸貓一起出發往海邊走去。小白兔做了一艘木船，狸貓看了很羨慕，也學牠做了一艘土船。船做好後，小白兔坐上木船，狸貓坐上土船，分別划著船朝海面出發了。

「天氣真好啊。」

「景色真漂亮啊。」

牠們你一言我一語地聊著，好奇地眺望海面，此時小白兔說：

「這裡還沒有魚喔，我們划到更深一點的地方去吧，來吧，比賽看誰先到。」

狸貓說：

「好喔好喔，聽起來好像很有趣。」

牠們喊一、二、三，就划了出去。小白兔叩叩敲著船舷，說：

「如何？木船比較輕，很快吧。」

於是狸貓也不服輸，咚咚敲著船舷，說：

「你說什麼?!土船比較重，比較堅固。」

不久後土船漸漸滲水，開始崩解。

「唉呀，糟糕，船壞掉了。」

狸貓驚嚇，開始大聲嚷嚷：

「啊啊，快沉了快沉了，救我！」

小白兔看好戲般地望著狸貓慌張的樣子：

「活該！誰叫你要殺了老婆婆，又讓老公公吃了老婆婆肉湯。」

聽到小白兔這麼說，狸貓保證牠再也不會這麼做，懇求小白兔救牠。不一會兒船不斷解體，狸貓嗆水掙扎了幾分鐘後，終於沉到海底了。

【剪舌麻雀】

一、

很久很久以前，有個地方住著一對老公公和老婆婆。

因為他們沒有小孩，所以老公公很疼愛一隻小麻雀，把牠放入鳥籠中飼養。

有一天，老公公一如往常到山裡砍柴，老婆婆在井邊洗衣服，但老婆婆把洗衣服時須用到的洗衣漿忘在廚房，而小麻雀就趁此機會從籠子碎步搖晃走出來，把洗衣漿舔得一滴都不剩。

老婆婆走回廚房拿洗衣漿時，發現盤子裡空空如也，當她知道那些洗衣漿是被小麻雀吃掉了時，壞心眼的老婆婆非常生氣，遂殘忍地把小麻雀抓起來，強行扒開牠的嘴巴。

「就是這個舌頭做的壞事啊。」

她邊說邊拿剪刀把舌頭喀嚓剪下來，接著，「好了，你走吧，隨便你去哪裡。」說著就把牠放走了，小麻雀用悲傷的聲音哭著說「好痛，好痛。」邊飛走了。

傍晚時分，老公公揹著柴從山裡回來了。

「啊啊，累死我了，小麻雀也肚子餓了吧？來吧，我給你飼料吃。」

他邊說邊走向鳥籠，卻發現小麻雀不在裡面，他很驚訝，問老婆婆：

「老伴老伴，小麻雀去哪裡了？」

老婆婆若無其事地說：

「你說小麻雀啊？因為牠舔掉我重要的洗衣漿，所以我把牠的舌頭剪掉，並把牠趕出去了。」

「啊，好可憐，妳做了那麼殘忍的事啊。」

老公公說著，露出心灰意冷的表情。

二、

老公公很擔心舌頭被切掉的小麻雀去了哪裡，擔心得不得了，隔天天一亮他就馬上出門尋找，沿路拄著拐杖，

「剪舌麻雀，

你家在哪兒呀？

啾啾啾。」

他邊呼喊邊漫無目的到處走走找尋，穿過原野，越過高山，又穿過原野，越過高山，進入了一座很大的竹林，此時，林中傳出：

「剪舌麻雀，

我家在這兒呀，

啾啾啾。」

聽到這聲音，老公公喜出望外，循著聲音走去，不久在林子深處看到一個可愛的紅色小屋，舌頭被剪掉的麻雀打開門，出來迎接老公公。

「哎呀，老公公，歡迎您來。」

「噢噢，你沒事吧？因為我實在太想你了，就來找你了喔。」

「哎呀，真是太感動了，謝謝您。那麼，請往這邊走。」

小麻雀說著就牽起老公公的手，帶他進入屋內。

小麻雀在老公公跟前雙手著地鄭重道歉：

「老公公，我偷偷把重要的洗衣漿吃掉，非常抱歉，您非但沒生氣，還來找我。」

聽到小麻雀這麼說，老公公也說：

「老婆婆居然在我不在家時，做出那麼殘忍的事，不過還能這樣跟你見到面，我真的很開心。」

小麻雀把所有兄弟姊妹和朋友都召集過來，拿出老公公喜歡的食物招待他，而且還搭著有趣的歌曲，大家一起跳麻雀舞給老公公看。老公公非常開心，開心到忘記回家，不知不覺間天色漸暗，老公公說：

「今天多虧了你們，讓我過了歡樂的一天，趁著天還沒完全暗下來前，我先告辭了。」

他說著站了起來，小麻雀說：

「雖然我們這裡很簡陋，不過今晚您就住在這裡嘛。」

大家也一起挽留老公公。

「謝謝你們的好意，不過老婆婆還在家裡等著，今天我就先回家了，我會不時過來看看的。」

「那真是太可惜了，那我們送您一些伴手禮吧，您先稍等一下。」

小麻雀說著，就從屋裡拿出兩個竹編方箱，並說：

「老公公，這兩個竹編方箱，一個重一個輕，請您選一個喜歡的帶回去吧。」

「讓你們盛情款待，又有禮物可拿，真是不好意思，不過既然你們都準備了，我就帶一個回去吧。可是我年事已高，路途又遙遠，我就拿輕的那個回去吧。」

老公公說著，就讓小麻雀把那個輕的竹編方箱放到背上。

「那麼，再見了，我會再來的。」

「我們會等您來的，請您回家路上小心。」

小麻雀說著，把老公公送出大門。

三、

天都黑了，老公公卻遲遲沒回來。

「到底跑去哪裡了？」

正當老婆婆碎唸時，老公公揹著伴手禮的竹編方箱回來了。

「老伴，你去哪裡做什麼打混到現在？」

「哎呀，妳別那麼生氣啊，我今天去了小麻雀的家，牠們招待我吃很多東西，並跳了麻雀舞給我看，不只如此，還像這樣讓我帶了貴重的伴手禮回來呢。」

老公公說著放下了竹編方箱，老婆婆立刻笑嘻嘻地說：

「啊，那真是太好了，裡面到底放了什麼呢？」

她馬上把箱子的蓋子打開，裡面盡是讓人眼睛一亮的金銀珊瑚和珠寶，看到此光景的老公露出得意神色說：

「什麼嘛，小麻雀拿出一重一輕的竹編方箱，叫我選一個，我想說我年紀也大了，路途又遙遠，就選了輕的箱子帶回來了，沒想到裡面放了這麼貴重的東西啊。」

聽到這，老婆婆又馬上擺出臭臉，說：

「老伴你真的很笨，為什麼沒拿那個重的呢？那個裡面一定放了更多寶貴的東西啊。」

「算了啦，不要那麼貪心，裡面有這些寶貴的東西已經足夠了不是嗎？」

「怎麼能說這樣就夠了呢？好吧好吧，我這就去把重的那一個竹編方箱帶回來。」

老婆婆這麼說著，也不聽老公的勸阻，等不及天亮，就馬上飛奔出門了。

外面已經一片漆黑，不過滿心貪婪的老婆婆胡亂拄著拐杖邊呼喊：

「剪舌麻雀，

你家在哪兒呀？

啾啾啾。」

她邊喊邊前進，穿過原野，越過高山，又穿過原野，越過高山，來到了一座很大的竹林，此時，林中傳出：

「剪舌麻雀，

我家在這兒呀，

啾啾啾。」

老婆婆心想「好極了」，往聲音來源走去，被剪掉舌頭的小麻雀這次也打開門走出來，然後很親切地說：

「哎呀，是老婆婆啊，歡迎您來。」

就把她帶進屋內。

「來吧，請進。」

牠牽著老婆婆的手往客廳走，老婆婆不知怎地忙著掃視四周，完全沒想要安靜坐在位子上。

「不，看到你沒事的臉，就算完成任務了，你不用招待我了，倒是趕快把禮物拿出來，我拿了就告辭。」

居然劈頭就要禮物，小麻雀在心裡對這般貪心的老婆婆感到很不以為然，不過老婆婆卻一臉毫不在乎地催促：

「快呀，趕快拿來啊。」

小麻雀只好說：

「是，是，那請您稍等一下，我這就去拿禮物過來。」

遂從屋內拿出兩個竹編方箱。

「來吧，這裡有一個重的一個輕的，請帶走您想要的那一個吧。」

「我當然要帶走重的那一個啊。」

老婆婆說完就馬上把重的那個竹編方箱揹在背上，隨便道個謝就走出去了。

話說老婆婆雖然成功拿到重的竹編方箱，但那個箱子本來就很重，她揹著走著走著覺得越來越重，就連倔強的老婆婆也覺得肩快散了腰快斷了，不過她還是堅持揹回家。

「這個盒子這麼重，一定是放了很多寶物，我真的非常期待，到底放了什麼呢？我先在這裡稍微休息一下，打開來瞄一下好了。」

她自言自語著，並「哎喲」一聲在路邊的石頭上坐了下來，把箱子放下來後就急急忙忙打開蓋子。

這麼一來發生了什麼事呢？裡面除了有讓人炫目的金銀珊瑚外，還蜿蜒飛出三眼妖怪、單眼妖怪、蟾蜍禿頭妖怪等各種妖怪。

「這個貪心的老婆婆！」牠們邊說邊用可怕的眼神瞪著老婆婆，還伸出噁心的舌頭舔老婆婆的臉，讓老婆婆覺得生不如死。

「好難過，好痛苦，救我！」

老婆婆高聲發出慘叫，奮力逃了出來，終於像去了半條命般臉色刷白地逃進家裡，老公公驚訝地問：

「妳怎麼了？發生什麼事了？」

老婆婆把經過一五一十地說出來後說「啊啊，我已經受夠了」。老公公露出同情神色說：

「哎呀哎呀，那真是悲慘呀，所以我說不要做那麼殘忍的事，還有做人不要太貪心啊。」

附録

太宰治生平年表

太宰治　生平年表

一九〇九	〇	■本名為津島修治。六月十九日出生於青森縣北津郡金木村。津島家是當地首屈一指的大地主、大富豪。父親津島源右衛門曾任眾議院議員，後被選為貴族院議員，算是貴族階級，同時經營銀行與鐵路。母親夕子體弱多病，所以自小他是在叔母及保母照顧下長大。家中本有六男，二位兄長夭折，只剩文治、英治、圭治三個哥哥以及四個姊姊，家中兄弟排行第六，三年後弟弟禮治出生。
一九一六	七	■進入金木第一尋常小學。成績傑出。
一九二二	十三	■小學第一名畢業，為增強學業能力，前往近兩公里遠的組合立明治高等小學就讀一年。
一九二三	十四	■三月，父親源右衛門去世，享年五十二歲。 ■四月，進入青森縣立青森中學，寄宿於該市寺町的遠親豐田家。
一九二五	十六	■三月，於《校友會誌》發表《最後的太閣》一作。和同學年的友人發表小說、戲曲、散文於同人誌上。開始熱衷於芥川龍之介、菊地寬的文學作品之中，

開始嚮往作家一職。

■八月，與同學年的友人創立同人雜誌《星座》，發表了戲曲《虛勢》一作，但隨後便停刊。

■十一月，與文學同好創立同人雜誌《海市蜃樓》，發表了《犧牲》、《地圖》等作品，雜誌持續到十二號後，因準備升學而停刊。

一九二七　十八

■四月，進入弘前高等學校文科甲類（英語），寄宿於遠親藤田家。

■七月，芥川龍之介自殺，對太宰治造成很大的衝擊。不久後認識藝妓紅子（小山初代）。

一九二八　十九

■五月，創立同人雜誌《細胞文藝》，以辻島眾二為筆名發表《無間奈落》。

一九二九　二十

■思想上漸受馬克思主義的影響，開始對自己的出身感到苦惱而有服安眠藥自殺的意圖。

一九三〇　二一

■三月，畢業於弘前高等學校，並於四月進入東京帝國大學法文科。

■五月，與井伏鱒二會面，奉為終身之師。

■六月，三兄圭治去世。

		■十一月，在銀座的酒吧結識女服務生田部，兩人相約在鎌倉郡腰越町海岸殉情未遂，由於田部身亡，因此以協助自殺之罪嫌遭起訴，此事是他終身難忘的罪惡意識，心境凝聚在《小丑之花》中。 ■十二月，與小山初代私訂終身。
一九三一	二二	■二月，與小山初代同居於東京，號朱麟堂，沉迷於俳句之中，漸漸沒去上大學。
一九三二	二三	■因為參與左翼非法運動，而不斷搬家。但於七月時，對左翼非法運動感到絕望，後來向青森警察署自首，正式放棄非法運動，傾心於寫作之中。
一九三三	二四	■二月，開始以太宰治為筆名，發表《列車》一作。 ■七月，結識伊馬鵜平（春部）、中村地平、小山祐士、檀一雄等人。
一九三四	二五	■十二月，與津村信夫、中原中也、山岸外史、今官一、伊馬鵜平、木山捷平等人共同成立同人雜誌《青花》，發表《浪漫主義》一作，但隨後便停刊。
一九三五	二六	■二月，於《文藝》發表《逆行》。 ■三月，參加東京都新聞社的求職測驗，落選後企圖於鎌倉上吊自殺。

一九三六

二七

■四月，罹患盲腸炎併發腹膜炎，於此時開始陷入藥物成癮之苦。

■五月，加入「日本浪漫派」，發表《小丑之花》。

■八月，以《逆行》一作，入圍第一屆芥川獎，並開始和田中英光通信。

■九月，因未繳學費而遭帝大退學。

■十月，於《文藝春秋》發表《通俗之物》。又因看了川端康成於同誌九月號發表的芥川賞評選一文後，一怒之下於同誌的〈文藝通信〉單元上發表意見，以示反駁。

■二月，為治療藥物成癮，進入芝濟生會醫院接受治療，只住院了一個月，尚未痊癒就出院了。

■四月，於《文藝雜誌》發表《陰火》。

■五月，於《若草》發表《關於雌性》。

■六月，出版首本創作集《晚年》。

■八月，落選期待已久的第三屆芥川賞，心情大受打擊。

■十月，接受井伏鱒二的建議，進入江古田武藏野醫院治病，一個月後痊癒而出院。於同月發表《狂言之神》、《喝采》。

一九三七　二八

■一月，於《改造》發表《二十世紀旗手》，並於同年七月出版同名短篇集。

■三月，發現住院期間，小山初代與小館善四郎有染，在絕望之下與初代至水上溫泉，企圖吃安眠藥自殺未果。回東京後與初代離別。

■四月，於《新潮》發表《HUMAN LOST》。

■六月，出版《虛構的徬徨》、《通俗之物》。

■十月，於《若草》發表《燈籠》。

一九三八　二九

■九月，於《文筆》發表《滿願》。

■十月，於《新潮》發表《姥捨》。

一九三九　三十

■一月，在井伏鱒二夫妻撮合下，與石原美知子舉行結婚典禮，於甲府市御崎町築定居。

■二月，於《文體》發表《富嶽百景》。

一九四〇　三一

■三月，於《國民新聞》發表《黃金風景》，獲選短篇小說大賞，贏得五十圓獎金。

■四月，於《文學界》發表《女生徒》，並於同年七月出版同名短篇集。

■六月，於《若草》發表《葉櫻與魔笛》。

■八月，於《新潮》發表《八十八夜》。

■九月，移居東京府下三鷹村（現東京都三鷹市）。

■十月，於《文學者》發表《畜犬談》。

■十一月，於《文學界》發表《皮膚與心》。

■奠定了新進作家的地位，發表的作品也越來越多。於一月，開始連載《女人的決鬥》、《俗天使》、《鷗》等作品。

■二月，於《中央公論》發表《越級控訴》。

■三月，於《婦人畫報》發表《老海德堡》。

■四月，出版短篇集《皮膚與心》。於《文藝》發表《追憶善藏》。

■五月，於《新潮》發表《跑吧！梅洛斯》。

■六月，出版短篇集《回憶》、《女人的決鬥》。於《知性》發表《古典風》。

■七月，於《新風》發表《盲人獨笑》；於《若草》發表《乞食學生》。

■十一月，於《新潮》發表《蟋蟀》。

■十二月，於《婦人畫報》發表《小說燈籠》。以短篇集《女生徒》獲選北村透谷紀念文學賞。

■因前半年所發表的《越級控訴》與《跑吧！梅洛斯》被譽為名作，受邀演講的機會增多，曾於東京商大以《近代之病》為題發表演說，亦於新瀉高校演說。

一九四一　三二

■一月，發表《東京八景》、《佐渡》、《清貧譚》等作品。

■二月，開始執筆長篇小說《新哈姆雷特》，並於五月完成，七月發表。

■五月，出版短篇集《東京八景》。

■六月，長女園子誕生。於《改造》發表《千代女》，並於同年八月出版同名短篇集。

一九四二	三三

■八月，探訪十年未歸的故鄉金木町。

■九月，太田靜子與友人初次造訪太宰治的住處。

■十一月，於《文學界》發表《風的來訊》。收到徵兵單，但因肺部患有疾病而免役。

■十二月，於《知性》發表《誰》。出版《越級控訴》限定版。十八日，太平洋戰爭開打，執筆《十二月八日》。

■一月，於《婦人畫報》發表《羞恥》。

■四月，出版短篇集《風的來訊》。

■五月，於《改造》發表《水仙》。出版短篇集《老海德堡》。

■六月，出版《正義與微笑》、短篇集《女性》。

■十月，發表《花火》，但全文遭到刪除。（《花火》於戰後改名為《日出之前》）

■十月，收到母親重病的通知，與美知子和園子返回老家，十二月母親夕子去世（享年七十歲）。

一九四三	三四	■一月，為了亡母的法事，與妻子結伴返鄉。發表《故鄉》、《禁酒之心》。出版短篇集《富嶽百景》。 ■六月，於《八雲》發表《歸去來》。 ■九月，出版《右大臣實朝》。 ■十月，完成《雲雀之聲》一作，但有無法通過審查的疑慮，所以延後出版日期，隔年準備出版之際卻遇上空襲，全化為烏有。兩年後發表的《潘朵拉的盒子》則是以此作品為基礎創作而成。
一九四四	三五	■一月，於《改造》發表《佳日》，後來由東寶電影公司將《佳日》拍攝成電影。 ■三月，於《新若人》發表《散華》。 ■五月，於《少女之友》發表《雪夜的故事》。為創作《津輕》一作，而探訪津輕地區，之後於同年七月完成，十一月出版。 ■七月，前妻小山初代病逝（享年三十二歲）。 ■八月，長男正樹誕生。出版短篇集《佳日》。

年份	年齡	事項
一九四五	三六	■十二月，受情報局與文學報國會之託，創作描寫魯迅留日生活的小說，開始研究魯迅。 ■二月，完成魯迅傳記《惜別》，於九月由朝日新聞社出版。 ■三月，在空襲警報下執筆《御伽草紙》，並於同年六月完成，十月出版。三月底妻子回娘家甲府避難。 ■四月，位於三鷹的住處遭遇空襲，房屋部分毀損，因此前往妻子的娘家避難。 ■七月，妻子的娘家遭受炸彈攻擊全毀，帶著妻小返回老家津輕。 ■八月，日本宣布無條件投降，第二次世界大戰落幕。 ■十月，於《河北新報》發表《潘朵拉的盒子》。
一九四六	三七	■戰後更加活躍於文壇，並參加了許多座談會。 ■一月，於《新小說》發表《庭》。 ■二月，於《新潮》發表《謊言》。

一九四七	三八

■三月，發表《已矣哉》、《雀》等作品。

■四月，於《文化展望》發表《十五年間》。

■五月，芥川比呂志為《新哈姆雷特》於思想座上演的許可登門造訪。

■六月，發表戲曲《冬季的花火》，原於十二月時要在東劇上演，但遭麥克阿瑟禁演。出版《潘朵拉的盒子》。長男正樹罹患急性肺炎，經歷了生死交關。

■七月，祖母去世（享年九十歲）。

■九月，發表戲曲《春天的枯葉》。

■十一月，於《東北文學》發表《訪客》。

■十二月，發表《男女同權》、《摯友交歡》。出版短篇集《薄明》。

■一月，於《群像》發表《鏗鏗鏘鏘》。

■二月，前往神奈川縣拜訪太田靜子，滯留了一周左右，借走靜子的日記後，前往田中英光的避難地伊豆三津濱，開始執筆《斜陽》。

一九四八　三九

■三月，次女里子誕生。結識二十八歲的山崎富榮。發表《母親》、《維榮之妻》。

■四月，於《人間》發表《父親》。

■五月，於《日本小說》發表《女神》。

■六月，完成長篇小說《斜陽》，並於同年十二月出版。

■七月，出版作品集《冬季的花火》。

■八月，出版短篇集《維榮之妻》。

■十月，於《改造》發表《阿三》。

■十一月，與太田靜子生下一女，取名為治子。於《小說新潮》發表隨筆《論我半生》。

■一月，發表《犯人》、《招待夫人》等作品。

■三月，發表《眉山》、《美男子與菸草》、《如是我聞》。開始執筆《人間失格》，此時隨著肺結核惡化，身體極度虛弱甚至開始失眠，時常吐血。

■ 四月，於《群像》發表《候鳥》。

■ 五月，於《世界》發表《櫻桃》。

■ 六月十三日深夜，留下遺作《Goodbye》的草稿，以及數封遺書後，與山崎富榮一齊在玉川上水投河自盡。於十九日，生日當天發現遺體。二十一日在豐島與志雄、井伏鱒二主持下於自宅舉行告別式，葬於三鷹町禪林寺。

■ 七月，發表《Goodbye》，出版《人間失格》、短篇集《櫻桃》。

■ 八月，於《中央公論》發表《家庭的幸福》。

■ 十一月，出版散文集《如是我聞》。

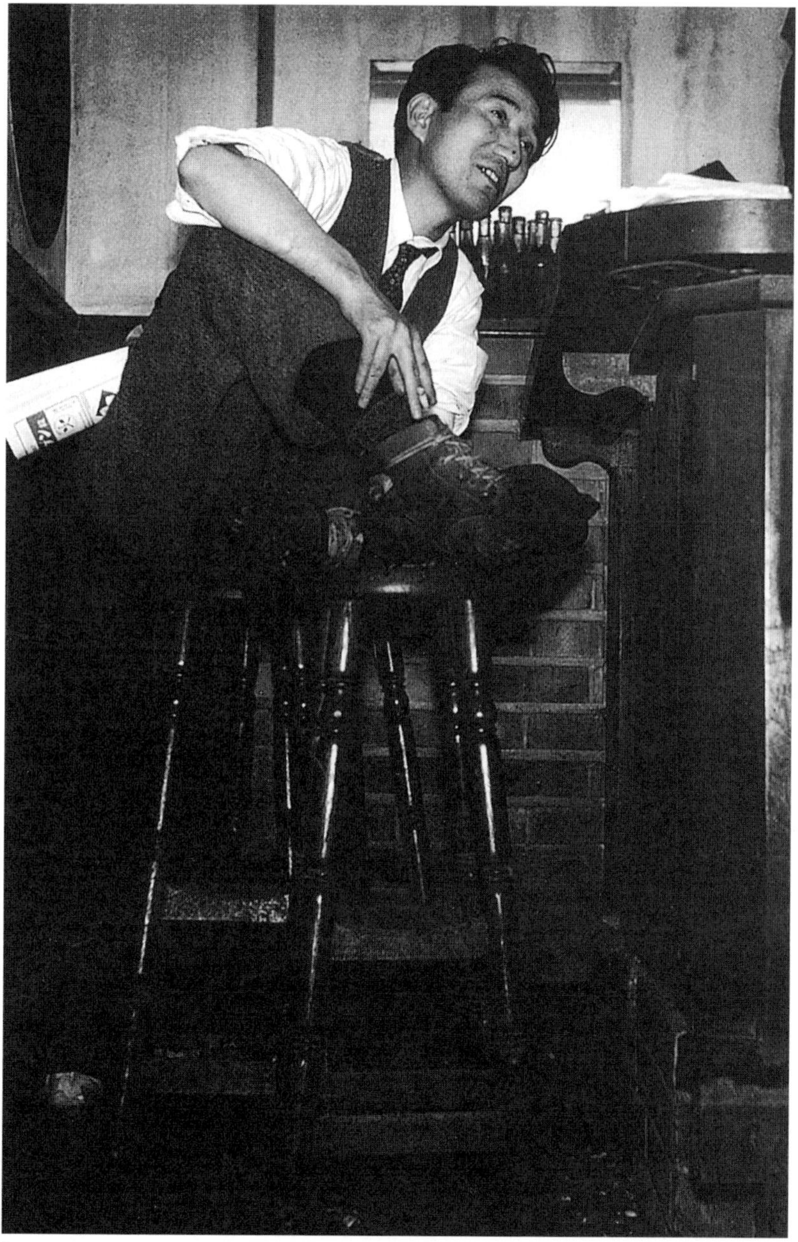

御伽草紙

日本經典文學

◆おとぎぞうし◆

附紀念藏書票

2020年10月23日　初版第1刷　定價280元

日本經典文學：御伽草紙 / 太宰治著；林佳翰譯. -- 初版. -- 臺北市：笛藤, 2020.10
面；　公分
ISBN 978-957-710-798-5(平裝)

861.57　　109015431

著者　太宰治
譯者　林佳翰
總編輯　賴巧凌
編輯　陳亭安
封面設計　王舒玗
內頁設計　王舒玗
編輯企畫　笛藤出版
發行所　八方出版股份有限公司
發行人　林建仲
地址　台北市中山區長安東路二段171號3樓3室
電話　(02)2777-3682
傳真　(02)2777-3672
總經銷　聯合發行股份有限公司
地址　新北市新店區寶橋路235巷6弄6號2樓
電話　(02)2917-8022·(02)2917-8042
製版廠　造極彩色印刷製版股份有限公司
地址　新北市中和區中山路二段380巷7號1樓
電話　(02)2240-0333·(02)2248-3904
印刷廠　皇甫彩藝印刷股份有限公司
地址　新北市中和區中正路988巷10號
電話　(02)3234-5871
郵撥帳戶　八方出版股份有限公司
郵撥帳號　19809050